KB118088

문학동네시인선 200 기념 티저 시집
우리를 세상의 끝으로

일러두기

* 문학동네시인선의 201번째부터 250번째까지 앞으로 선보이게 될
시인들 가운데 이번 책에 제 이름을 올리지 않은 이들 또한 있음을
앞서 말해둔다. 이는 전적으로 시인들의 의사를 따라 그리한 것이다.
* 시집의 제목은 본 기획에 참여한 안희연 시인의 글(99쪽) 가운데
서 따왔다.

문학동네시인선 200 기념 티저 시집

우리를 세상의 끝으로

펴내며

    시인의 고충. 당신은 직업을 묻는 말에 시인이라고 답하는 일이 여전히 어렵다. 시인이라고요? 놀라는 이가 감추지 못하는 양가감정을 잘 알고 있다. '나도 한때는 시를 썼는데 이렇게 시인을 만나다니 반갑습니다.' 이 감탄과 동경엔 분명 진심이 있지만, 그것은 현실 너머 어딘가에 있는 시인을 향한 것이지 눈앞의 당신을 위한 것이 아닐 수도 있다. 당신에게 미처 건너오지 못한 질문. '나를 주저앉힌 현실의 무게를 어째서 당신은 피할 수 있었는가?' 여전히 '철이 없을' 권리를 누리는 당신에 대한 질투와 그 질투를 방어하기 위한 냉소. 동경과 냉소 모두 부당하긴 마찬가지. 그래서 당신은 자신이 하는 일을 정당화해야 한다는 압력을 자주 느낀다. 시인이 시를 쓰는 것은 이미 시인이 되어서가 아니라 매번 시인이 되기 위해서다.

    독자의 고충. 당신은 시가 어렵다. 정말 지독히 어렵다. 시를 이해하려 하지 말고 느껴보라고 말해주는 친절한 시인들이 있지만, 그게 입문자에게 필요한 용기를 주는 말인 것도 맞지만, 가끔은 그것이 이런 속뜻을 담은 단기 체류 비자처럼 느껴진다. '당신은 관광객일 뿐 영주권자는 될 수 없을 거야. 이미 즐기고 있는 사람은 방법 따윈 모르고, 방법을 묻는 사람은 끝내 즐기지 못할걸.' 게다가 당신 주변의 독서인들은 어려운 현대시를 읽지 않는 것을 정당한 소비자 불매 운동처럼 여기는 눈치다. '시를 읽는 내가 유난스러워 보일 거야. 그들이 내 곁에서 시집을 발견하면, 시에 대한, 질문을 가장한 불만을 쏟아낼 테지.' 정작 시는 나를 사랑하지도 않는데 나는 시를 위해 세상과 대결하고 있는 듯한 비장한 억울함.

　시인과 독자 각자의 고충은 상호 적대적이지 않다. 동시에 해결할 수 있으면 그러는 게 좋을 것이다. 그것이 시인선의 역할이다. 시인과 독자 모두를 편들기. 그것은 '읽히는 시, 그러나 혹은 그래서, 시인과 독자 모두 스스로 당당해지는 시'의 판을 벌이는 것이다. 시가 가진 섬세한 인지적 역량을 신뢰하고, 그를 통해 시인과 독자 모두의 삶이 깊이를 얻게 되길 꿈꾸기. 매리언 무어가 '시'라는 제목의 시를 "나 역시, 시가 싫다"로 시작했으면서도 결국은 시가 "진실한 것을 위한 하나의 장소"임을 긍정하며 끝냈듯이 말이다. 문학동네시인선은 지난 12년 동안 199권을 채웠다. 199건의 고충을 해결하려 노력해왔다는 뜻이다. 시인선의 고충? 그런 건 없다. 시인도 독자도 더는 고충을 견디려 하지 않는 세상, 그런 세상에 대한 염려만이 유일한 고충이다.

문학동네시인선 기획위원
신형철

차례

강
정

시란 무엇인가

낯선 집 대문에 새겨져 있는 문장(紋章)이

내가 오래전 쓴 문장(文章) 같아 보여

한참 바라보다가 그 집에서 죽어야 할 것 같았다.

네 눈물은 너무 광대하여 대신 울 수 없다

네 눈을 가만 바라보는데 바다가 뽀글뽀글 빛났다
너는 다시 태어나고 있는데 바다는 내 뒤통수까지 휘어
돌아
나는 곧 바다에 잠길 것이다
눈물이 흐르면 너는 고요히 지느러미 같은 잠옷을 갈아
입고
내 깊은 혈류 속에 작살을 꽂거나
이미 미래의 죽음이 되어버린 물고기들을 꽃잎인 양 따
모을 것이다
봄은 그렇게 땅을 밀어내고
오래전 멸망했다가
바다에 죽으러 가는 사람들의 마지막 눈빛 속에서나 발
견될
사라진 대륙의 뿌리를 들출 것이다
꽃이나 나무는 그것들의 자디잔 숨결일 뿐
오늘 내가 너를 사랑한다는 건 오늘만은 부디 죽어 한 톨
모래섬이 되겠다는 것
눈을 가만 바라보는데 모래가 까칠까칠 코로 스몄다
기도 가득 떡진 혈전이 수상한 노래로 번졌다
비루 속에서 광대함을 찾으려는 네 눈이 더 반짝 빛난다
홀연히 서 있는 내 그림자를 눈꺼풀 삼아 너 스스로 달이
되려고 너는 어제도 오늘도 운다
눈물이 서걱서걱 내 마음을 베는 건

너를 위해 물 담아둘 마음의 쌍봉이 아직 내 심장에서 잠
자기 때문,
눈을 가만 바라보는데 그 눈이 네 안을 향하는 건
네가 펼친 마지막 종이에 어울리는 펜이 아직 없기 때문,
바다에 쓴 말이 바다를 부정하고
사막에 새긴 바람이 바다에서 헤엄쳐 나온 인어의 꼴을 아
직 완성 못한 오늘 아니겠니
나는 눈물을 참았다
물도 모래도 서로 너무 낯익어 지구를 잠시 멈춰 세운 까
닭이다

강정 1992년『현대시세계』를 통해 등단했다. 시집으로『처형극장』『들
려주려니 말이라 했지만,』『키스』『활』『귀신』『백치의 산수』『그리고
나는 눈먼 자가 되었다』『커다란 하양으로』가 있다. 시로여는세상작품
상, 현대시작품상, 김현문학패 등을 수상했다.

강지혜

시란 무엇인가

뭉툭해진 시간의 끝

뾰족하게 깎아내는 것

부스러지지 않도록

부서지지 않도록

조그만 인중을 만져보는 것

잠든 아이의 얼굴을 바라보며

그것을 만든

천사의 무심한 손가락을

그려보는 것.

초식동물

나의 파잔은 언제 어디서부터인가

초식동물로 자라났다

세상은 나에게 관심이 없고
나는 유일한데
자의식과 꿈만이 다리를 만진다

셀피를 찍는 어린 코끼리

뒤에서 다가오는 맹수의 이빨을
평생 감각하면서

부드러운 귀와
아직 덜 자란 상아를
두들겨패는 몽둥이

덜덜 떨며 기다리면서
기다리다 날아오는 매를
情人처럼 반기면서
매질이 멈춘 순간을
되찾은 엄마 코끼리인 양
울부짖으며 반기면서

파잔이 끝난 기억은 없고
어느새 나는 커다란
공
위에 서 있었다

네 개의 발로 공을 굴리며
앞으로
뒤로
앞으로

긴 코를 들어
관객에게 인사를
비뚤어진 고깔모자를 바로잡는다

짝짝짝짝짝짝짝짝짝짝짝짝짝짝짝짝짝
짝짝짝짝짝짝짝짝짝짝짝짝짝짝짝짝짝
짝짝짝짝짝짝짝짝짝짝짝짝짝짝짝짝짝
짝짝짝짝짝짝짝짝짝짝짝짝짝짝짝짝짝
짝짝짝짝짝짝짝짝짝짝짝짝짝짝짝짝짝

잃는다
내가 태어난 숲의 이름

잊어야 한다

나의
이름

강지혜 2013년 『세계의문학』을 통해 등단했다. 시집으로 『내가 훔친 기적』 『이건 우리만의 비밀이지?』가 있다.

고선경

시란 무엇인가

시란 자취방 빼던 날 옷장 속에 두고 온 딜도 같은 것.

파르코 백화점이 보이는 시부야 카페에서

파르페를 먹으면서
파르페를 먹는 두 노인을 바라봤어
데이트중인 걸까? 희끗희끗한 머리칼이
부러웠어

왜 너의 이름은 료타나 료스케가 아닐까
유리창 밖으로
시간이 달콤하게 낭비되는 거리

그런데 시간은
정말 약이 될 수 있나

스크램블 교차로
어깨와 어깨가 스치네 어깨가
어깨를 자를 수도 있을 것 같아

너는 잘린 사람처럼 어리둥절한 얼굴로 내게 묻지
이런 곳에서 정말 살고 싶으냐고
이런 곳이라는 게 시부야인지 롯폰기인지 무겁고 흐린 구
름 아래인지 도저히 모르겠네

층층이 쌓인 빵과 크림과 딸기
파르페는 어떻게 무너지지 않는 거야?

계속해서
쌓이고 쌓이는 질문과 나날과 날씨와 생각과 몰이해

아 지긋해 아 영원해
모두가 귀엽고 비정해

왜 내 이름은 미유나 미즈키가 아닌 걸까 어디서든
간절하게 살고 싶진 않지만
소파가 푹신푹신해서 너와 몸을 포개고 싶다
약맛도 모르면서 시간을 허비하고 싶다

료타나 료스케가 아닌 네가 나를 어떻게 무너뜨리겠니
그냥 뭉개버려줘

비싸지만 못 사 먹을 정도는 아니고
사치스럽지만 우리 그렇게 낭만 없지 않다

시부야는 파르페에 얼굴을 처박고 우는 상상을 하기에
좋아
내가 말하자 너는 한쪽 눈만 슴벅거렸다

고선경 2022년 조선일보 신춘문예를 통해 등단했다.

고영민

시란 무엇인가

시는 시의 선택이다.

새의 기억

너는 날개를 갖고

황급히 커다란 새를 안고

나뭇가지에 부리를 문지르고

마치 하나인 것처럼

높이

오래 떠서

수많은 오늘이 쏟아지는

빛이 가득한 두 그루 목백합나무 사이에서

내려다보는 기분으로

지금은 걷지만

불현듯 뛰지만

고영민 2002년 『문학사상』을 통해 등단했다. 시집으로 『악어』 『공손한
손』 『사슴공원에서』 『구구』 『봄의 정치』가 있다. 지리산문학상, 박재삼
문학상, 천상병시문학상 등을 수상했다.

시란 무엇인가

나에게 시는 세상에 아직 발설되지 않은 비밀이 실재한다는 증거이며, 내가 사랑하는 사람들이 쓴 일기에서 주로 발췌되었다.

유리 껍질

너 내가 사랑했어?

지난겨울 앓던 능소화를 코트 주머니에 넣어둔 것,
모두 착각이었어.

인사 없이 아기 신들을 떠나보내며
얕은 분지의 새 나무들도 나를 떠올리는지 궁금해졌다.

두고 온 것과 버리고 온 것은 다른데

너 나도 사랑했어?

덩굴 자라는 모양새를 예측하게 된다면 선 책상 앞에서
조용한 의자 뒤를 차버린 기계식 주름치마의 슬픈 얼굴을
이해할까?

서서도 자는 사람을 보아 알고 있다.
오래된 풍속계가 느리게 돌아간다.

너는 너의 축을 두고 이편에서 저편으로 달려갔다.

운동장을 천천히 한 바퀴 돌고,

나 이제 누울게

　지금 집에 혼자야? 아니, 작게 말해야 해. 혼나면 어떡해.
혼나야지.

　축하받으려고 너를 사랑했어.

　불 끄지 않아도 잠들 수 있는 한낮
봄에 태어난 사람에게 보낼 케이크를 고른다.

권누리 2019년『문학사상』을 통해 등단했다. 시집으로『한여름 손잡
기』가 있다.

김근

시란 무엇인가

처음엔 개가 내 옷깃을 붙잡고 놓아주지 않는다고 생각했는데, 정신을 차려보니 나는 개를 자꾸 놓치고 있고, 부리나케 개의 뒤꽁무니를 쫓아가고, 쫓아가면 멀어지고, 모르는 데로, 모르는 데로, 개는 아주 멀리만 도망에 도망을 치는데, 개를 따라잡을 기미는 아예 보이지를 않고, 지나온 모든 길과 풍경과 사람들 내 뒤에 들러붙어 질질 끌리고, 내 발걸음 점점 느려지고, 손은 또 알 수 없는 허공을 휘휘 만지기만 하는데, 하, 여긴 또 어디야?

혼자 있는 사람은*

블라인드를 통과한 햇살이 당신의 등에
가로줄들을 긋는군요 날카로운 햇살이
몸을 토막내고 있는 것만 같아요 토막
토막 무너져내리려는 몸을 간신히 붙들고
어지러운 침대에 걸터앉아 있어요 머리를
감싸쥐고서 한쪽 눈을 심하게 찡그린 채
무언가 떠올리려는 듯 허공에 고정된 눈은
초점을 잃고 점점 흐려져가요 어젯밤에
무슨 일인가 일어났나보죠 당신은
어젯밤에 사로잡혀 있어요 어쩌면 햇살은
밧줄인지도 당신을 어젯밤에 묶어두는 것
같아요 무슨 일이었을까 손이 더욱 깊이
머리를 감싸쥐는군요 손가락 사이로
찡그리지 않은 한쪽 눈의 동자가 조금씩
흔들리는 것 같지만 당신은 끝내 알아내지
못할 거예요 당신이 떠올릴 수 있는 건
무슨뿐일걸요 무슨과 무슨 사이에서 당신은
이제 막 깨어난 거죠 햇살이 몸을 잘라도 몸을
묶어도 여기저기 널브러져 있는 무슨밖에는

          알 수 없을 거야 녀석이 일어나기 전부터
          녀석의 몸을 가로지르던 햇살이 어젯밤
          일을 모조리 빼내갔을 게 분명하다고

034

흐느적흐느적 팔을 늘어뜨리고 발을 질질
끌면서 방을 나와 거실을 배회한대도
녀석은 제가 영영 모를 거란 사실을 알 리
없지 사실 녀석이 걷는다는 건 착각일지
몰라 녀석은 움직임이 거의 느껴지지
않을 정도로 발걸음을 옮기고 있거든
덕분에 햇살에서 벗어날 수 있었던 건
행운이지 녀석은 눈 한쪽을 여전히 찡그리고
있군 저 찡그림은 오래갈 것 같네 녀석이
배회를 멈추고 겨우 베란다 앞에 쪼그려
앉는단들 무슨만 남은 어젯밤 일이
되살아나는 일 따윈 없을 거야 늦은 오후의
창가에서 식물들이 그림자를 늘이고 있어
촘촘한 그림자가 이미 녀석을 덮치고 있잖아
녀석은 이제 가망이 없어 아무리 허우적거려
봤자 결코 녀석을 놓아줄 리 없지 저 짙은 그물이

My funny valentine 해가 저물고
있어요 해가 지면 햇살도 그림자도
sweet 사라지겠죠 comic 저 사람은
valentine 풀려날까요 풀리지 않는
무슨으로만 어젯밤은 어젯밤인 채로
저 사람의 찡그림 안에 You make me

smile 있어요 with my heart 휴대전화
벨이 울리네요 You looks are laughable
전화벨이 그의 귀에 가닿기엔
unphotographable 너무 가느다랗네요
Yet you're 가수의 목소리는 아주
my 살짝만 favorite work of art
커졌다가 Is your figure 잦아들기를
반복하고 있어요 누군가 less than Greek
저 사람에게 Is your mouth 알려줘야
할 것 같아요 전화벨 너머엔 a little weak
어젯밤의 무슨 일에 대해 증언해줄 사람이
있을지도 끝나지 않았는데 노래가 다시
시작되고 피어났다가 시들고 My funny**

  너는 지금 소파의 뱃속에서 소화되고
  있다 너는 기다시피 소파 쪽으로 이동
  했다 휴대전화는 소파 위에 던져져
  있었다 너는 여리게 울리는 휴대전화의
  벨소리를 포착했다 있는 힘을 다해 소파에
  도착했지만 벌써 여러 번 재생됐던 벨소리는
  멈췄다 수신자를 확인할 수도 있었지만
  너는 그러지 않았다 너는 소파 위로 기어
  올라갔다 팔걸이에 머리를 두고 누워 등받이

방향으로 몸을 돌렸다 그전에 너는 휴대전화를
엎어놓았다 전화가 끊기고 메시지 알림음이
계속 울렸다 메시지 알림음이 신경질적일 수도
있다는 사실을 그제야 깨달았다 모로 누워 너는
머리를 감싸쥐었다 두 눈은 모두 감았지만
여전히 한쪽 눈은 찡그린 모습이었다 어둠이
바닥부터 쌓여갔다 어둠이 집안을 점령하자
기다렸다는 듯 소파는 너를 조금씩 베어먹기
시작했다 무슨 어둠일까 이미 너는 소파와

당신은 끝내 떠올리지 못할 거예요 오늘밤에
또 무슨 일인가 일어날 거예요 어젯밤의
무슨과 오늘밤의 무슨만 당신에게 남게
되겠군요 또 무슨과 무슨 사이에서 깰 건지

녀석은 한 마디도 말하지 않았지 한 번도
거울을 통해 제 몰골을 보지 않은 것처럼
거울 속에 무슨이 있을지도 모르지 찾을 수
있을지도 저 벌어지지 않은 입속에서라면

노래가 끝났어요 더이상 가수의 목소리를
들을 수가 없네요 저 사람은 지금 어디 있나요
한쪽 눈을 찡그린 어둠이 다시 모의를

시작하고 있어요 어둠이 일렁여요 다시 무슨무슨

　　　　너는 들리지 않는 말들 사이에 있었다고
　　　　추측된다 너를 둘러싼 적막이 얼마나
　　　시끄러웠는지 너는 눈치채지 못했다 너는 다만
　　있었고 있었다고 추측될 뿐 지금 없다 없었다고는

　　　　　　　차마

　　　　　　추측되지 않는다

* 고트프리트 벤.
** 영어 가사는 쳇 베이커의 〈My Funny Valentine〉.

김근 1998년『문학동네』를 통해 등단했다. 시집으로『뱀소년의 외출』
『구름극장에서 만나요』『당신이 어두운 세수를 할 때』『끝을 시작하기』
가 있다. 서라벌문학상을 수상했다.

김선오

시란 무엇인가

시는 가공되고 배치된 우연이며 서로 다른 우연들이 이루는 불규칙한 리듬이다.

같은 뼈 다른 바다

이 배는 우리집 앞을
오가는 흰 배다, 섬에서 육지로
육지에서 섬으로 물결을 만들며
바나나와 축구공을
할아버지 유골함을 갈매기들을
운반했다
이 배는 우리집 앞을
오가는 붉은 배다, 여기에서
섬으로, 섬에서 수평선까지
물결을 만들며 갔다
배가 붉은색인 이유는
내가 주로 해질녘 해변에
서 있기 때문인데, 이 배는
우리집 앞을 오가는 검은 배고
여기는 섬이다
할아버지가 배를 몰았다
나에게 줄 바나나와
축구공을 싣고, 이 섬과
저 섬 사이를 오갔다
이 배는 우리집 앞을
오가는 푸른 배인데
섬에서 여기로
여기에서 섬으로

햇볕을 튕겨내면서,
물결이 푸르게 하얗게
갈라지면서……
나는 해질녘 방파제에 서서
돌아오는 배를 바라보며
할아버지! 불렀다
불빛이 깜빡거렸다
이 배는 우리집 앞을 오가는 배다
오늘은 나의 유골함을 육지로
나르고 있다
더는 집이 아닌 곳에서
수평선으로
섬으로 땅으로
바나나와 축구공과
모든 것이 있는 곳으로

'바다에 뿌려달라고 했잖아요'
'그건 불법이라 안 돼요'

하하하하
하얗게 끓어오르는
물보라 속에
웃고 있는 얼굴들을 보네

하나하나
내려다보이는 하늘에서
갈매기 혼자 울고 있네

김선오 2020년 시집『나이트 사커』를 출간하며 작품활동을 시작했다. 시집으로『나이트 사커』『세트장』이 있다.

김연덕

시란 무엇인가

시란 머물 수 없는 사랑을 위해 집을 짓는 것이다.

사랑을 초청하고 밤낮으로 살펴

。

"누구나 드나들 수 있는
새집을 만들어주십시오."

어느 날 나는 전화로 어떤 설계를 의뢰받았고

내성적이나 실내의
기둥들처럼 확신에 찬
수화기 속 목소리는 말했다 시공될 집에는 세상 모든 사
랑을 초청할 것이라고 그들을

초청하고 밤낮으로 살펴 이 안을 얼마큼의 보폭으로 돌아
다니게 할 것인지 이 안에서
얼마나 오래 자기 집처럼 머물게 둘 것인지 결정해볼 것
이라고, 이제 품이 크게 드는 시도는

마지막일 것이라고.

이런 결정을 내리는 데 있어 이제는 어리숙하지 않다고
믿는
그런 어리숙한 사람, 나는 만나기 전부터 나의 의뢰인을
사랑하게 되었다

―

안경들 몇 개를 겹쳐 쓴 채
두꺼운 종이 뭉치와 함께 서재 테이블의 어둠에 잠겨 있
던 그 사람은
종이에 쓰인 것을 읽지도 거기 무언가를
쓰지도 않았다 다만

안경알 아래 여러 겹으로 도드라지고 흔들릴 자신의
아름다운 두 손으로 종이
여러 장을 누르고 있었다

거기 쓰인 것은 실내의 그림자 속에서 수런대며 열을 식
히며 서늘해져가고

사랑의 살을 언제 직접 만져보았는지 기억나지 않는다는
그의 손 기이한 형태의 뼈와 근육으로
단단하게 싸여 있는 그의 손은 긴 시간
햇빛에만 너무 노출되어 검게 변해 있었다 그와 달리

환한 곳과 어두운 곳을 자주 옮겨다니는 나에게는 가벼운
사랑을 느끼는 일이 흔하다 나는
그가 짓게 될 집의
돌과 공기

—

　이야기 역시 나르는 사람이었고

　그는 언제든 자기 몸을 낯선 쪽으로 기울여 다른 이야기
를 가까이 하려는 사랑이었기에

　공사가 시작되고 나서부터 그는 집 바깥을 자신의
　서재처럼 아끼며 조금

　다른 온도의 빛 속에 머무는 듯하다

　철근 아래 그늘에 누워
　낮이면 잘 뒤척이는 재료들을 재우듯 나에게 손을 흔드
는 그, 나이도
　감정도 가늠할 수 없는 그 사람의 부드러운 얼굴은 이미
자기 자신보다 오래전에 잠든 것처럼 보인다

　。

　태생부터 눈이 좋았고 시력이 흐려진 적도 없는 나에게는
아직 안경이 없다

　왜곡돼 부푸는 많은
　실내를 한꺼번에 견디는 무게
　차가운 빛 아래서만 감기는 눈의 무게란 어디에서 오는 것

—

일까 서재의 열린 창틈으로 바람이 불어들어와 그의 종이
들이 흰 새처럼 흩날린다 아코디언 모양으로 팽창되어 늘
어지다 순간
　탄력 있게 조여져 돌아오는, 가장 구석진 자리에 깃털을
흘려 이 테이블을
　서재를 완전히 다른 공간으로 만드는 그런
　신비로운 날개처럼

　나의 일은 이것이 아니지만 새집 현관에 쓰일 돌 나르기
에 곳곳의
　인부들 지시하기에 더 집중해야 하겠지만 그는 오랜만에
철근 아래서 편안히 잠이 들었고 나는

　허리 굽힌 채 종이를 주워 햇빛이
　정면으로 들어오는 저 의자에 앉는다 너무 매끈한 팔꿈치
로 까마득한 시간들을 누른다 그가 테이블에서 누르고 있던
종이 뭉치는 모두 끝이 하나같이 누렇게 변한 설계도였고

　뜨거운지 서늘한지 더이상 구분할 수 없는 어둠 속에서 나
는 설계도의 모든 집들을 거닐며 그 안에서 나이들어가며
살아본 것 같았다 내가

　무거워지고 그가

조금 가벼워지는 동안

。

그 사람의 첫 집은 갓 생산된 사랑과 콘크리트로 지은 호
텔이었는데
　재료들을 모을 당시 그는 자신의 건축 계획이 그렇게나 반
항적이라는 것을
　도면의 열정적이고 순진한 냄새가 어쩌면 그의 인생에 단
한 번뿐일 것이라는 것은 알지 못했다

　뒷산에서부터 옮겨와 호텔에 난 큰불은 그 혼자 떠안아야
하는 것이었다 투숙객들 중 한 명이 호텔의 안락한 침대 대
신 산에 올라 친 무심결의 장난이었다고 했다 그러나

　사랑의 세계에서는 꼭 무너짐이 무너짐을 뜻하지는 않았
다 그는

　자신의 투숙객들이 남기고 간 그을음들을 지불해 서로 다
른 집 여러 채를 열심히 지었다 집은 현실에서
　지어지고 사라지기를 반복했다

　나는 언젠가 누군가 머무르기도 했을 그의
　서재 창을 통해 땡볕 속에서 이제 막 깨어나기 시작한 그

를 본다 잠은 충분히 잤다고, 다시 기다리겠다고 그의 얼굴
은 말하고 있었다

　마지막 계획 앞에서도 그 사람은 언제나 사랑에게 많은
　물과 오후, 담요와 잠, 이야기를 제공해주어야 사랑이 주
는 답을 들을 수 있다고 믿었다

김연덕 2018년 대산대학문학상을 통해 등단했다. 시집으로『재와 사
랑의 미래』가 있다.

김이듬

시란 무엇인가

시는 이상적으로 망가진 세계.

후배에게

음악을 좋아해?
걷는 걸 좋아해?
맛있는 걸 좋아해?

네가 사는 것도 좋아하면 좋겠다

너를 기다리는 카페에서 옆자리 사람들의 대화를 듣는다
아이들 점수, 아이들 담임, 아이들 친구, 아이들 운동장, 아
이들 급식⋯⋯
학부모 회의 마치고 온 두 사람은 세 시간 넘게 아이들 이
야기에 몰입한다 한 사람은 내가 좋아하는 멜빵바지를 입
었어 둘 다 4학년 2반이며 한 아이는 수학을 잘하는 여자아
이, 한 아이는 강아지를 좋아하는 키가 작은 남자아이인 걸
나도 알게 되었어

사랑하는 대상을 가장 많이 생각하고 가장 많이 말하는
거라면

나는 너를 다섯 번 생각했다

사는 게 뭘까?
연말 퇴근길에 너는 말했지
다른 부서 과장의 부친상에 조의금 부쳤고 야근을 했고

배고파 죽겠다고
　회사 가는 게 괴롭다고 했어
　사는 게 뭔지 달아나고 싶다고

　안경 벗으면 딴 사람 같은 너는 김연아와 에디 레드메인과
인천 사는 친구를 좋아하지 얇은 티셔츠에 청바지 입길 좋
아하고 초코우유와 망원한강공원을 좋아하지 빨래하고 누
워서 웹툰 보길 좋아하지

　일과 중에 나는 너를 기다리는 이 시간이 제일 좋아
　널 만날 약속 없었다면 온종일 끔찍했겠지

　나도 너처럼 습관적으로 한숨 쉬지만
　네가 얼굴 뾰루지랑 새치를 걱정하면서도
　솟아오르는 웃음을 터트리면 좋겠어

　어쩌면 삶에 의미가 있을지도 몰라
　사는 걸 꽤 좋아하면 좋겠어

김이듬 2001년 『포에지』를 통해 등단했다. 시집으로 『별 모양의 얼룩』 『명랑하라 팜 파탈』 『말할 수 없는 애인』 『베를린, 달렘의 노래』 『히스테리아』 『표류하는 흑발』 『마르지 않은 티셔츠를 입고』가 있다. 시와세계작품상, 김달진창원문학상, 올해의좋은시상, 22세기시인작품상, 김춘수시문학상, 양성평등문화인상 등을 수상했다.

—

시란 무엇인가

바짝 깎은 손톱.

도랑의 빛
다량의 물

산책 좀 그만할까

새 한 마리가 낮게 솟은 돌 위에 가만히 있었다
개울물이 발에 닿아도 놀라지 않았다

달력에 그어진 생채기를 결대로 찢었다
얇은 비닐이 맥없이 손가락을 밀어냈다

하천이 범람할 수 있으니 집으로 돌아가라는 문자를 받
았다
이름도 모르는 사람들이 나를 집에 데려다놓았다

젖은 그림자를 질질 끌고 다니는 동안

한 해 더 버틸 줄 알았던 행운목이 죽었다

발바닥에 박힌 돌을 빼내려고 온몸을 기울일 때
물에 잠긴 얼굴로 쏟아지는 다량의 빛

나는 그것이 빗물인 줄 알고 허우적거렸다

류휘석 2019년 서울신문 신춘문예를 통해 등단했다.

박연준

시란 무엇인가

시란 작아지지 않는 슬픔, 그게 좋아서 첨벙첨벙 덤비는 일.

흰 귀

흰 귀로 시를 쓰고 싶어
말랑말랑한 시

내 고양이 당주는
하품을 한 뒤 눈을 감는다

오후 두시에 뒷발을 걸쳐두고
두 귀는 쫑긋

지나간다

굴속 흰 잠

잡을 수 없는 이름이 달아난다
너의 흰 귀,

내 고양이 당주는
잠을 굴속에 부려두고

손뼉을 치며 달려온다

잡아봐, 잡아봐

흰!

흰!

박연준 2004년 중앙신인문학상을 통해 등단했다. 시집으로『속눈썹이 지르는 비명』『아버지는 나를 처제, 하고 불렀다』『베누스 푸디카』『밤, 비, 뱀』이 있다.

박 철

시란 무엇인가

시란 기필코 스쳐지나가는 시간이다.

호객

서삼릉 보리밥집은 이름난 식당
사촌과 점심을 먹고 서삼릉 길을 걸었다
서삼릉 곁에 종마장

시민에게 개방했다는데 인적은 전혀 없고
입구 관리인이 여기도 걷기 좋습니다~ 하고
허공에 소리를 지른다

그 소리가 산자락에 아득하고 여간 무안하여
무인도 같은 종마장 안으로 들어섰다

세상 덧없이 조용한 가을날
울타리 너머 늙은 종마들의 생각은 알 수가 없고

자다 깨듯 가끔 말꼬리를 흔드는데
내 생각도 일체 따라 걸었다

박철 1987년『창비1987』을 통해 등단했다. 시집으로『김포행 막차』
『밤거리의 갑과 을』『새의 전부』『너무 멀리 걸어왔다』『영진설비 돈
갖다주기』『험준한 사랑』『사랑을 쓰다』『불을 지펴야겠다』『작은 산』
『없는 영원에도 끝은 있으니』『새를 따라서』가 있다. 천상병시문학상,
백석문학상, 노작문학상, 이육사시문학상 등을 수상했다.

시란 무엇인가

시는 문명과 자연 사이에 다리를 놓아주는 가슴의 일에 속하며 원초적인 것에 가장 가까운 경험과 친밀함을 되살리는 밤의 형이상학과 마주하는 작업이다.

밤의 소리

슈퍼문 아래에서 밤의 소리를 듣는다
"늦잠을 자서 지금 나왔어"
새벽 두시도 안 되었는데
운동장을 앞서거니 뒤서거니 맨발로 나란히 돌고 있는
할머니 둘 사이에서 들려오는 대화가 마음을 흔든다

할머니들을 앞질러가려 하다가
운동장 한편에 신발을 벗어두고
천천히 뒤를 따른다

서로가 서로를 돌고 돈다
인간관계의 고민은 서로가 서로 사이에 가까워졌다 멀어
졌다 하는 날들로 인해 생긴다
지구와 달의 거리가 가장 가까운 밤에
맨발바닥에 모래가 서걱대는 소리를 들으며
땅이 아주 가깝게 발바닥에 달라붙어 있는 것을 느낀다

우리는 서로를 똑바로 돌지 않는다
할머니 둘이 운동장을 정확하게 원으로 걷는 것이 아니라
비스듬히 기울어져서, 타원형으로 돌듯이

달이 너무 가까워서 발바닥에서 뜨는 것 같은 밤
세상에서 가장 작은 것, 들리지 않던 작은 소리가

몇 년 만에 떴다는 슈퍼문 속에서 다 보인다 다 들린다

(중국에서는 목서(木犀)를 계수(桂樹)라 불렀다고 하고
달에 심어져 있다고 하는데
달나라의 계수를 베는 형벌을 받은 이가 있어
베는 자리마다 새로운 가지가 돋아났다고 하는데
우리가 아는 계수나무는 이 목서와 전혀 다른 종이어서
달에 계수나무 한 나무 토끼 한 마리 말은 틀린 말이라
고 하는데
그건 집에 돌아와서 인터넷으로 검색해서 안 사실이고)

슈퍼문 아래를 맨발로 걷다보니
모래에 찔리던 발바닥이 달콤해진다
미루나무에 걸린 달그림자와
때마침 그 밑으로 제트기가 지나가다 남겨놓은 구름까지
보다보니
미루나무가 계수나무 같고
달에 계수나무가 산다는 말이 다감해지고

할머니 둘은 운동장을 비스듬히 돌며
새벽 두시에 늦잠을 잤다며 도란도란 웃으며 이야기하고
잠 못 드는 밤에 내게는 가슴이라는 기관이 너무나 가깝
게 느껴져

인제 꽃이 피는 달나라의 계수나무 밑에서 쉬시는
어머니의 무릎이 생각나는 토끼가 그려지고 상상력이 진
해진다

박형준 1991년 한국일보 신춘문예를 통해 등단했다. 시집으로『나는
이제 소멸에 대해서 이야기하련다』『빵냄새를 풍기는 거울』『물속까지
잎사귀가 피어 있다』『춤』『생각날 때마다 울었다』『불탄 집』『줄무늬
를 슬퍼하는 기린처럼』이 있다. 동서문학상, 현대시학작품상, 소월시
문학상, 육사시문학상, 풀꽃문학상 대숲상, 유심작품상 등을 수상했다.

변윤제

시란 무엇인가

내게 시는 다 끝났다고 여겨지는 곳에서 딱 한 마디만이라도 더 써보는 일이다.

한때 우리집 고양이와

한때 우리집 고양이였던 르미(9세/중성화)는 결혼한 누나의 집에 있다.

그 집은 남의 집은 아니지만, 이제 우리의 집도 나의 집도 아니다. 하여, 우리집 고양이였던 르미는 그 무슨 고양이라 부르기 애매해졌다.

남의 집 고양이는 아니지만, 나의 고양이가 아닌. 그렇다고 누나만의 고양이라 부르고 싶지 않은, 무언가. 무언가라 말할 수밖에 없는.

그래. 무언가 고양이.

나를 보며 경계하는. 털을 한껏 곤두세운. 주황색 털 뭉치. 그런 무언가로 말이다. (게다가 잔뜩 성이 난)

누나 집에서 그 무언가를 몇 달에 한 번(때로 몇 년에 한 번) 만나곤 한다. 그는 날 볼 때마다 눈을 휘둥그레 뜬다.

조그만 초승을 둥근 만월로 고양시키고 만다.

그 표정은 마치

'네가 왜 여기 와 있느냐. 죽은 줄 알았는데 어떻게 살아 돌아왔느냐.

내 마음 깊은 곳에서 체념하고, 잊고 묻었는데. 그리워하다가. 내가 결국. 그렇게 저버렸는데.

어찌 이 집의 철문을 열고 다시 살아나올 수 있는가. (배은망덕한 새끼.)'

이런 걸 고양고양 물어보는 질문처럼 보인다.

주황색 질문이 밀려들어오고. 나는 졸지에 죽었다 살아난 사람이 되어서.

휘적휘적 팔다리를 뻗는데.

문득 야옹이 귀신의 감정을 이해하고 만다. 맞아. 나는 왜 여기에 있는가.

주황색 털 뭉치의 경계심 앞에서. 한때 우리집 고양이였던 그 뜨거움 앞에서. 나는 왜. 도대체. 무언가. 누구인가까지.

그렇다. 나는 결국 그런.

왜. 도대체. 무언가 사람이 된다.

대체 왜 여기 있는지 모를 도대체 왜 사람.

그렇지. 죽었다 생각한 이가 대문을 열고 들어온다면.

나도 필시 그자를 노려보고 말겠지.

내 키의 몇 배나 되고, 목소리가 크고, 수염이 자라고, 다소 늙어버린. 그 쓸쓸한 거인을.

한낮 태양을 뚫고, 심지어 나를 몹시 갈구하는 표정으로, 사랑을 표하며 들어오는 그를.

고양이는 귀신을 본다고 하니. 나와 혼령을 구분 못하는 것일 테지.

이를테면, 내가 누나와 대화하거나, 투덕거림을 반복하면 무언가 고양이는 비로소 누나 집 고양이로 변신해 그릉대기 시작한다.

산 사람과 대화할 수 있는 것이 산목숨으로서 가장 중요한 증명이라 여기는 것처럼.

그러면 나는 도대체 왜 인간에서 누나의 동생으로 돌아
오고 만다.

그때쯤에 내 쓸쓸함이 무언가가 되는 것을 보고 만다.

무언가의 내겐 영원히 날 경계할 고양이가 필요하고.

그것은 한때 우리집 고양이.

우리집에 오기 전까지 을지로 길바닥을 헤매고 다니던.
작고 헝클어진 보풀에 불과했던. 잿빛과 심장 박동의 얽힘.
무럭무럭 자라던. 증식하던. 확산해내던.

이젠 세상에 없는 한때 우리집 고양이.

그 고양이가 나를 보며 영원히 털을 곤두세우고 있다면.

한때 우리집 고양이는 나에게 질문한다.

너는 왜 가는가.

가고 있는가.

나 르미(1세/남아)는 여기 성남 작은 두 칸 집에서 여전히
노란 식빵을 굽는데.

너는 왜 지금 거기 가는가.

묻고 있어서.

야옹.

한때 우리집 치즈 고양이가.

나의 무언가 사람에게.

변윤제 2021년 『문학동네』를 통해 등단했다.

성동혁

시란 무엇인가

간히기 위해 집을 짓고.

발레
언뜻

재채기할 때마다
정금 두어 알

따라가지 않는다면
떨어진 정금을 밟지 않는다면

나무인 걸 모를 수도 있다

살아 있는 걸 모를 수도 있나

정금 쥔 주먹은
갈비뼈 같고

벽에 구멍이 날 만큼 세게
던지세요
검은 얼룩 안에 손가락을 대며

이것이 폐입니다

나의 첫번째 가망과
당신이 이룩한 과실

한 주먹 한 주먹 낭떠러지 같다

성동혁 2011년 『세계의문학』을 통해 등단했다. 시집으로 『6』 『아네모네』가 있다.

손미

시란 무엇인가

오고 있다고 믿는 것.

무생물적 회의

생물 선생님은 생물이 사라진다고 울었다

생물을 많이 먹은 나는
밀리고 밀리는 회의 테이블에서
밀림이라고 썼다가
다 밀어버리고 싶네, 라고 썼다
다 보이게

5학년 때 선생님의 노트 아래
△△이가 그랬어요
쪽지를 밀어넣은 것처럼
이른 시간에 죄송하지만 저는 △△ 때문에 괴롭습니다
상사에게 장문의 문자를 보낸 날에도

누가 보고 있는 것 같다
모서리에 빛을 쏘면
스르륵 달아나는 것

왜 그랬어?

그만둔 사람의 빈 의자와 내 의자를 바꿔 앉았다
피 묻은 엉덩이로 꾹 누르고 앉아 검색해본다

살아 있는 방법

매일 저녁 생물을 굽고 생물을 끓이고
살아 있고 싶은 생물을 먹다가 회의에 간다

모두 어디 갔지?

나는 빈 회의실 의자에 차례차례 앉아보다가
뱅글뱅글 돌고 있는 의자에서 생물 선생님을 본다

여긴 너무 춥지 않니?

생물을 목에 칭칭 감고서
우는 생물 선생님을 본다

손미 2009년『문학사상』을 통해 등단했다. 시집으로『양파 공동체』
『사람을 사랑해도 될까』가 있다. 김수영문학상을 수상했다.

신미나

시란 무엇인가

죽은 이의 심장으로 다시 사는 것.

귀로(歸路)

국화는 샛노란 과거를 잊어도
백 년 전에도 십 년 뒤에도
지난날은 다시 살아와 광화문 네거리에

목도장에 이름 새겨 오래 살자던
내일은 거짓되어 사라지고
옛사람은 웃는구나 하늘 보며 웃는구나

한 올 풀린 금사(金絲)처럼 연인들은 빛나는데
이렇게 잊어도 되나요 켤 밖에서
코피처럼 후드득 떨어지던 목숨을

어떤 날은 하고많은 서정도 미안해
손바닥에 손톱자국을 내며 돌아갑니다

신미나 2007년 경향신문 신춘문예를 통해 등단했다. 시집으로『싱고, 라고 불렸다』『당신은 나의 높이를 가지세요』가 있다.

신이인

시란 무엇인가

비명과 정적.

꿈의 룰렛

젊은 여자의 슬픔 앞에서 원판이 돌아가기 시작한다. 파이처럼 구역을 나누어 가진 원판이다.

구역에는 이름이 붙어 있으나 믿을 만하지는 않다.

원판을 어떻게 불러세워야 할지 모르겠다. 날개 끝끼리 붙어버려 날지도 못하고 우스꽝스럽게 회전하는 매, 는 어떨까? 매가 멈추면 '지금이야' 말하는 사냥꾼이 등장한다. 매는 지금 요리당한다.

요리사의 손가락이 가리키는 글자란 대개 이런 식이다.

☐ 머리 자르기 (안 아프고 예쁘게 나 썰어버린 다음 부모에게 칭찬 받기)

☐ 비싼 거 먹기 (나 대신 피 흘리고 평화로워진 애들 음미하기)

☐ 교회 가기 (울면서 노래 부르고 화장실 다녀온 것 같은 상쾌감 느끼기)

☐ 아무나 만나서 자기 (서로 닳아 없어지라고 문질러주고 껄끄럽게 헤어지기)

☐ 미워하기 (나 같은 애들 떠올리며 누워 있기)

☐ 끌어안기 (나 같은 애들 불러서 냄새 참고 오냐오냐 해주기)

☐ ……

인기 있는 메뉴들. 나는 무엇에도 확신이 없었기에 제일 빨리 되는 것을 달라고 했다. 웨이터가 고개를 숙이고 사라졌다.

이것들과 다른 것을 원할 수도 있었다. 내게 더 부를 이름이 있었다면.

'실례합니다만……'

고개를 드니 사냥꾼, 요리사, 웨이터 일동이 빈 접시를 든 채 웃고 있다. 모두 똑같이 생겼군. 실례합니다만, 당신은 혹시 작가입니까? 저희는 작가의 팬으로서 이 자리에 모였습니다. 게임을 시작하기 전 한말씀 여쭈어도 되겠습니까? 나랑도 똑같이 생겼군.

젊은 여자의 슬픔이 무엇인지 물어도 나 같은 건 잘 대답해줄 수 없다. 잘 닦인 접시 위에는 부드럽고 모호한 물질만이 오를 뿐이다. 색과 모양이 선명하며 딱딱한 것은 올려놓으면 안 된다. 그런 것은 식용이 아니다. 그런 것은 장식에 불과하다.

그런 것은 마지막까지 남고야 만다. 입과 손과 몸이 지나가고 지나가고 지나가는 동안 장식은 가만히 멈추어 있다. '지금이야.'

나는 쓸쓸한 장식을 입에 넣고 부수고 감춘다.

목구멍이 너덜너덜 해어져도 기색을 바꾸지 않는다. 기필코 보이지 않는다. 장식은 내 일부가 될까? 흡수될까? 죽은 다음 파헤쳐질 때 최후로 남게 될까?

손바닥으로 입가를 꽉 누른다.

토를 막으려고?

웃음을 참으려고?

나는 매 발톱을 삼켰지만 병원에 가지 않는다. 내게는 문제가 없다. 매 발톱을 삼킨 젊은 남자나 중장년, 나와 사적으로 친밀했던, 부유하며 존경받는 인물들, 야생 족제비와 삶이 그러하듯이.

원판의 시선에서, 나는 젊은 여자라는 구역을 벗어나 있다. 나는 돌아가고 있다. 귀밑까지 내려오는 머리카락들. 내 멋진 장식들. 의사는 깃털이라고 진단할지도 모른다. 이것이 마지막까지 남아 내 신원을 확인해줄 것이다.

마지막으로 거울을 보고 있었다.

거울이 사진처럼 멈추어갔다.

신이인 2021년 한국일보 신춘문예를 통해 등단했다. 시집으로 『검은 머리 짐승 사전』이 있다.

안
도
현

시란 무엇인가

꾹 짜낸 수건에 남은 물기 같은 거.

물음과 무덤

경북도립안동의료원 영안실에서 엄마를 꺼냈죠
남편 없다고 엄마가
더이상 울지 않았어요
할머니 묻으러 간다고 어린것들이 더 크게 울었어요

엄마는 버스 화물칸에 누워 무얼 생각할까요
어느 겨울 대파 뿌리를 화분에 묻으며
느 아부지 검은 머리 파뿌리 되도록 살자 하더니만, 하
던 말
그러다가, 청춘 홍안을 네 자랑 말어라
덧없는 세월에 백발이 되누나, 한 곡 뽑고는
나는 가슴 밑바닥에 다 묻었다, 했지요

엄마, 사실은 가슴이 아니라 허공에 묻은 거지?
보이지 않으니까 묻었다고 말한 거지?
묻으면 보이지 않으니까
보고 싶어도 볼 수 없는 거니까

평생 밥을 먹었느냐고 물었죠, 엄마는
어느새 맨살을 잘라 쌀을 안치고
내장을 꺼내 동태탕을 끓이고
요새 밥 못 먹고 사는 사람 어디 있냐고, 버럭
노한 척하면서 나는 숟가락을 들었죠

동그란 양은 밥상 앞에서 어두운 무덤처럼

이건 엄마가 모르는 건데
집을 짓고 통창을 달았더니 물총새가 부딪쳐 죽었어
나는 물총새를 감추려고 땅에 묻었지
봄날 얼음이 녹자 물위에 뜬 잉어 세 마리도 묻었고
폭우 거칠던 날 죽은 고라니 새끼도 묻었고
서서 죽은 마당의 주목나무 두 그루는 불에 태웠어

편지를 묻어본 사람은 삶의 슬픈 격류에 떠밀려본 사람,
스무 살 때 내 정강이뼈를 으스러지도록 차던 그 계엄군
병사는
나처럼 수염을 깎으며 늙어가고 있겠지요
김지하 시집 『황토』 초판본을 감출 데가 없어
땅에 묻어야 할까 괴로워한 적도 있었어요

학교는 묻지 말고 물어야 한다고 가르쳤고
물으면 물음이 되고
묻으면 무덤이 된다고 말한 건 국가였어요
과거를 물으면서 어른이 되지요

우리는 엄마를 묻었다는 걸 감추려고 해마다 벌초에 나
서겠지요

엄마가 간신히 불구덩이를 벗어나
최첨단 화장로 속으로 들어가고 있어요
처음이지, 엄마?
시원하시겠네, 정말

안도현 1981년 매일신문 신춘문예를 통해 등단했다. 시집으로 『서울
로 가는 전봉준』『모닥불』『그대에게 가고 싶다』『외롭고 높고 쓸쓸한』
『그리운 여우』『바닷가 우체국』『아무것도 아닌 것에 대하여』『너에게
가려고 강을 만들었다』『간절하게 참 철없이』『북항』『능소화가 피면서
악기를 창가에 걸어둘 수 있게 되었다』가 있다. 소월시문학상, 노작문
학상, 백석문학상, 임화문학예술상 등을 수상했다.

안태운

시란 무엇인가

시는 변신의 동물 혹은 변신의 동굴.

솔방울

말하고 있는 사람들, 식당에 모여 할 수 있는 말을 오래 지속하고, 찻잔이 나오고 손끝을 대보고, 과일이 탁자 위에 놓였을 때

자몽 귤 키위

말은 어떻게 새어나오는가, 오종종하니, 입모양은 어떻게 다른가 흐르는가, 한국어 단어는 어떤 모습인가, 너희 중 불쑥 누군가 꺼낸 말, 죽은 후에 시신이 어떻게 되길 바라니? 죽고 나면 그 몸이 어떻게

어떻게? 몰라 모르지만 살아생전 정할 수 있다면

물비늘
냉이

희는 말했고, 그러니까 논이든 들이든 기왕이면 산이 좋겠구나, 그 위에 몸이 놓인 채 내내 그러고 있기를, 부패할 텐데, 몸은 산에 사는 생물들 하나하나에 휩싸여서, 천천히 먹힘의 대상이 될 텐데 그래도 괜찮다는 마음

제는 말했어, 죽은 몸이 불타 재가 되기를, 화하여 흩뿌려지는 게 좋다고, 영화를 볼 때마다 그 영화의 결말에서도 모

든 게 불타버릴 때 그렇게 끝나면 얼마나 좋은지, 수분 없는
깨끗함, 영에 대한 갈망, 오롯한 소멸

　회오리 항아리
　앞이마걸질

　유가 말했는데, 그대로 묻힌 채 있다면 좋겠지만, 다시 살
아나는 몸? 그리하여 걸어가는 몸인데 혼자 아무도 없는 골
목으로 정말? 그러다가 혼자 춤추고 또 걷다가 상념에 잠
기고 하는, 그런 걸 바라나 아닌 것 같다 그냥 지어내봤다
고 웃고

　말괄량이
　눈사람
　수라

　너는 기억하고 있었지
　식당에서 나와 걷다가 헤어질 때 솔방울을 따서는 친구들
의 옷 속으로 몰래 집어넣었어

안태운 2014년『문예중앙』을 통해 등단했다. 시집으로『감은 눈이 내
얼굴을』『산책하는 사람에게』가 있다. 김수영문학상을 수상했다.

안 희 연

시란 무엇인가

시는 신발, 우리를 세상의 끝으로 데려가는

시는 탐색견의 코, 한 사람의 실종을 집요하고 용맹하게 추적하는.

099

구스베리 구스베리 익어가네

흰 운동화를 신고
전속력으로 달리는 상상을 한다

구스베리 농장에 사는 너에게
이 신발을 배달하려고

오늘도 너는
시린 눈총을 받으며
무료하게 구스베리를 반으로 가르고 있겠지

생과로 먹기에는
너무 신 구스베리
손을 아리게 하는 구스베리

이쪽에서 저쪽으로
구스베리 산처럼 쌓고 나면
수레에 실려 들어오는 구스베리
처음부터 다시 시작되는 구스베리

너는 중얼거리지
아무도 나를 구해주지 않아
세상이 망해버렸으면 좋겠어
눈을 감았다 뜨면 구스베리 없는 세계로

순간 이동을 꿈꾸며

그럴 때 나는 흰 운동화를 벗어 너에게 신겨준다
마음껏 더럽혀도 좋다는 말에
너는 바닥에 떨어진 구스베리 알갱이를 신발 앞코로 으
깨본다
으깨면 으깨지는 알갱이가 너는 밉다

한 사람의 실종에 세상은 아무 관심이 없고
나는 너인 척 구스베리를 반으로 가르고
너는 탐색견의 코처럼 나아간다

좋은 신발이었어요
돌아왔군요, 당신

구스베리 농장으로 걸어들어가는 너의 뒷모습은
해저의 이야기로 출렁인다

구스베리 구스베리 익어가네
간청해도 간청해도 익어가네
구스베리 열매는 구스베리 나무에서 열리네
다른 나무를 꿈꿔도 소용없네 변함없네

웬일로 노래를 흥얼거리냐는 사람들의 물음에 너는
세상의 끝에 다녀왔어요, 답한다
너의 호주머니 속에서 심해어 한 마리가 헤엄치고 있다
는 것을
아무도 믿지 않는다

안희연 2012년『창작과비평』을 통해 등단했다. 시집『너의 슬픔이 끼
어들 때』『밤이라고 부르는 것들 속에는』『여름 언덕에서 배운 것』이 있
다. 신동엽문학상을 수상했다.

오은경

시란 무엇인가

눈에 보이지 않는 거울이다.

프랑켄슈타인

잡아당긴 듯 놓칠 수 없다는 듯

                                늘어난 살,

부어오른 듯

                                    부푼 살

        (마음을 하나의 형체라고 상상해봐)

묶어놓은 듯, 보랗고 빨갛게 변한 살을 뒤적여
실을 찾았다 실은 나의 양 손목을 묶어,
쓰지 못하도록 만들었고
다른 이의 도움을 필요로 하게 했다 (사람을 부르는 데 손
은 아무런 역할을 하지 못했다) 그는
문을 열고 들어오는 데, 거리낌이 없었다 열려 있었다거나
익숙한 장소에 온 것처럼 (나를 발견하고)

나는 다시 살아났는데, 두번째 사는 기분이었다

                        이따금 그가 생각날 때면

 탁상 위에 남겨진 구멍을 발견하고, 컵이나 쟁반을 내려
놓지 못한다

                    탁상에 난 구멍은 진짜일까?

실험해보지 못했다 눈으로만 확인했을 뿐
언젠가 탁상이 전부 사라진다면
알 수 있겠지 구멍이 없어졌다는 뜻일 테니깐

                                               ×

겨드랑이가 간지러웠다 정확히 말하면 겨드랑이 바깥쪽,
                         어깨와 팔이 맞닿은 부분이
누군가가 잘못 이어붙인 것처럼 (여기서 누군가가 누구
                         인지는 중요하지 않다
                         찾아도 아무런 소용이 없다)
                         봉제선을 발견했을 뿐

신은, 내가 물을 마시러 갈 때마다 이렇게 말하는 듯하다
귓가에 속삭이듯이, 작은 목소리로
건드리면 금방이라도 무너져내릴 것 같았다고,
그래서 바라만 볼 뿐이었다고

나는 신의 꿈 가장자리를 배회하면서

                                               ×

분수대, 비석이 세워진 연못, 동그란 파문에 잠시

—

                                                                 입을 맞춘다

오은경 2017년『현대문학』을 통해 등단했다. 시집으로『한 사람의 불
확실』『산책 소설』이 있다.

—

유진목

시란 무엇인가

매사에 들키지 않을 자신이 있습니다.

사인

내게는 좋은 부엌과 좋지 않은 부엌이 있습니다.

기왕이면 좋은 부엌을 선택하고 싶어요.
나는 좋은 부엌에서 요리를 해요.

비싼 칼로 잘 익은 레몬을 정확히 반으로 잘라요.

인덕션 위에는 수프가 끓고 있어요.
레몬은 전기를 끄기 전에 넣을 거예요.

내가 요리를 하면
부엌의 모든 것이 나를 따르기 시작합니다.

깊이가 다른 냄비들
작고 큰 팬들
접시의 무늬는 특히 아름다워요.

나는 요리를 하고
설거지는 하지 않아요.

그런 건 저절로 되어버리는 세계니까요.

좋지 않은 부엌에서 당신은

너무 오래 서 있었네요.

냄새나는 개수대에서
어제 먹은 것을 떠올리고 있죠.

아마 배 속에도 같은 것이
들어 있겠죠.

당신이 숨을 쉬면 썩은 냄새가 나요.

당신은 여자를 기다려요.

밤에는 식탁 의자에 앉아 혼자서 사정했어요.
구겨진 휴지가 사방에 흩어져 있네요.

현관에는 쓰레기가 가득해요.

그렇지 않기가 어려운 것이 당신의 삶이라는 것을
당신은 당신 자신을 통해 오랫동안 실천해왔어요.

당신의 방에서 얼마나 많은 여자들이 죽었는지
세어본 적이 있나요?

너무 오래 서 있었어요.
당신의 부엌에는 한 조각 빛도 들지 않는데요.

나는 좋은 부엌을 가졌지만
오직 시를 쓸 때만 부엌은 여기 나와 함께 있어요.

시로 끓인 수프와 시로 자른 레몬
시로 집어든 칼

좋은 부엌에서 좋지 않은 부엌으로
지금부터 나는 옮겨갈 건데요.

당신은 레몬 향을 맡고 고개를 돌려요.

어둠 속에 내가 서 있죠.

당신이 내 손에 죽어가는 모습
보이나요?

나는 아름다운 무늬가 그려진 그릇에
뜨거운 수프를 담아요.

더러운 바닥에 당신은 누워 있어요.

벌어진 입에서 구더기가 기어나와요.
방금 눈꺼풀을 비집고 구더기 한 마리가 들어갔어요.

나는 수프를 맛있게 먹어요.

유진목 2016년 시집 『연애의 책』을 출간하며 작품활동을 시작했다. 시집으로 『연애의 책』 『식물원』 『작가의 탄생』이 있다. 난설헌시문학상을 수상했다.

유형진

시란 무엇인가

이 세상 어딘가에 있을 멋진 책에 내 마음에 딱 맞는 문장을 발견하기 위해 탐험가미
지의 세계를 항해하듯 떠날 무모함과 끈기가 부족하여 가끔 내가 직접 어떤 문장을 만
들어내는데 어떤 이들은 그것을 시라고 부른다.

물망초

공장 마당 한쪽의 작은 텃밭
캄보디아인들이 심어둔 캄폿 후추와 민트,
레몬그라스 향기가 무성한 계절이면 떠오르는

나를 잊지 말아요

낮에는 늘 셔터가 내려 있고
짙은 자주색 커튼이 드리워 있거나
검은 선팅이 되어 있던 유리창엔
와인 잔과 장미꽃들…… 그리고 맥주, 양주, 칵테일.

유심, 흑장미, 로망스, 레인보우, 저녁노을, 설란, 물망
초……
이런 예쁜 단어가 간판마다 즐비한 골목에 살던
'카페 물망초'의 딸

공부는 못했지만 얼굴은 예뻤고
의리는 있었지만 도덕이랄 만한 것은 없었다

엄마 가게에 자주 오던 어떤 오빠랑
엄마 몰래 다른 방에서 잤던 이야기
가게 언니의 신분증으로 나이트클럽에 가서
처음 보는 남자들과 놀던 이야기들을

이제 막 초경이 시작되었거나
초경이 시작된 지 일이 년도 안 된 소녀들에게
무용담처럼 늘어놓던

엄마는 새벽까지 장사하느라
아침마다 딸의 도시락을 싸지 못하는 날이 많았고
점심시간이면 뚝배기에 애호박이 들어간 순두부찌개를
끓여,
방금 지은 따뜻한 밥과 멸치볶음, 스팸구이,
파를 넣은 계란말이에 케첩까지 뿌린 접시들을
쟁반에 담아 색동 보자기를 덮어 머리에 이고,
경사진 학교의 어떤 비탈길을 올라왔다

우리 딸, 뜨신 밥 먹고 어디서도 기죽지 말라고

운동장 스탠드에 앉아
딸이 밥을 다 먹을 때까지 담배를 피우며 기다렸다가
빈 접시와 뚝배기를 챙겨
화장기 없는 푸석한 얼굴에
탈색한 노란 머리칼이 포니테일에만 남아 있던
검은 민소매 티셔츠 위로 속이 비치는 얇은 카디건을 걸
치고
프릴과 레이스 달린 청반바지를 입고

플립플롭 샌들을 신고
머리 위에는 쟁반을 이고
비탈길을 내려가던
밤마다 찾아오는 뱀 같은 남자들에게
포유류의 이불을 덮어주던
물망초 엄마

녹슨 고철들이 쌓여 있는 공장 마당 한쪽
캄보디아 이주 노동자들의 텃밭에서 흐르던

나를 잊지 말아요

유형진 2001년『현대문학』을 통해 등단했다. 시집으로『피터래빗 저격사건』『가벼운 마음의 소유자들』『피터 판과 친구들』『우유는 슬픔 기쁨은 조각보』『마트료시카 시침핀 연구회』가 있다.

이기리

시란 무엇인가

시, 가로등 아래 풀숲에 드러누운 낡은 자전거, 골목을 두르는 바퀴, 유기된 바람.

117

연인의 이름으로

연인의 이름으로 모였지 곧 분위기를 망칠 것이다 말을
너무 많이 하고 있기에 한꺼번에 아름다워질 수는 없어서

햇볕을 짚고 일어나는 약속 당산철교를 지나면서 내부가
환해지면서 흩어지려는 발목을 휘감고 유리 쪽으로 당긴다
한강은 조금 두꺼운 뉴런, 숨이 끊긴 말들을 옮기느라 수면
위로 둥둥 떠다니는 날개의 생채 조각들이 분주히 흐른다

금방 무슨 일이라도 일어날 것이다 그리되면 정말 곤란하
다 뼈를 묻고, 비참한 연결을 끌고 왔는데

손 한번 맞잡지 않고 눈길 한번 주지 않고 백색왜성처럼
떠도는 객실 속 트라우마들 금속들이 나사에 조여 있다

그렇게 말을 많이 해놓고선 또……

벨벳이 뜯긴 검은 원피스를 찰랑이며 걸어온다 파트너를
찾고 있어서요 그냥 잠깐 춤을 추면 돼요 말을 많이 한다고
마음에 깊이 들어갈 수 있지 않아 괜히 한마디를 더 보태서
분위기를 망친다

연인의 이름으로 대답하지 말 것 모든 것은 연결되어 있
거나 연결되지 않는 방식으로 연결되어 앞으로 간다 폭죽이

터지자 일제히 고개를 든다 얇고 평활한 축삭돌기 축삭이
분위기와 맞닿아 축삭 종말을 만든다

이번 신경전달의 목적은 신경이 전달되는 차원에서 말이
종료되는 것 말을 아예 안 하겠다는 뜻은 아니지만 분위기
를 망치는 일만은 막아야 해

더 할말이 남았나?

무당벌레가 학교 앞 울타리를 건넌다 여름의 빛 속에서 웅
웅거리는 깔따구들— 연인의 이름으로 시든 거리에 버찌들
이 한가득 떨어진다 여기서부터 말을 그만해도 좋다

이기리 2020년 김수영문학상을 통해 등단했다. 시집으로 『그 웃음을
나도 좋아해』 『젖은 풍경은 잘 말리기』가 있다.

이선욱

시란 무엇인가

무언가를 쓴다는 것은

무언가를 번역하고 있다는 뜻이자,

그것이 결국 오역에 불과하다는 것을

그럴듯한 말로 써내려가는 일이다.

규칙

"이 호텔에서 제일 저렴한 객실로 주시오!"

그는 사뭇 당당한 말투로 이야기하고 있었다. 두 손을 프런트에 짚은 채로.

"죄송하지만, 말씀하신 객실은 이미 다른 투숙객 분들이 사용중이십니다. 대신 가장 저렴하지는 않지만 그보다 조금 더 비싼 객실들은 몇 개가 준비되어 있습니다. 혹시 그 방을 보여드리면 어떨까요?"

"그건 좀 곤란하오. 그렇다면 여기 호텔 로비에서 오늘 하룻밤을 묵어도 되겠소?"

"죄송하지만, 그건 안 될 것 같습니다. 로비는 투숙객들을 위한 공간이니까요. 반드시 객실을 이용하셔야만 로비 역시 자유롭게 사용 가능합니다."

"그럼 가장 저렴한 객실이 빌 때까지 로비에서 기다리는 건 어떻소?"

"그건 내일 오전에야 가능한데, 그때까지 무작정 로비에서 기다리시는 건 불가능합니다. 차라리 다른 숙소를 알아보시는 게 나을 것 같습니다만."

"좋소, 그러면 저 갈색 카펫이 깔린 회전문 입구에서 머무는 건 어떻소?"

프런트 직원은 잠시 말을 아꼈다. 그러더니 다소 엄숙한 표정을 지으며 이렇게 말했다.

"아뇨, 다른 건 몰라도 그것만은 절대 안 될 일입니다. 새벽 무렵 저 문이 돌아가는 순간 선생께서는 더이상 이 세계

로 돌아오지 못할 테니까요. 이건 절대 농담삼아 하는 얘기
가 아닙니다."

"허허, 무슨 말인지는 알겠소. 하지만 보다시피 난 지금
다른 숙소를 찾을 여지가 없소. 혹시 비상계단 같은 곳에서
머물면 어떻겠소?"

"제 말을 이해하지 못하셨군요. 그곳도 절대 들어가셔선
안 될 공간입니다. 역시나 그곳에서도 어디론가 한 발짝이
라도 내딛는 순간 선생께서는 영영 이 세계로 돌아오지 못
할 겁니다."

"세상 친절한 직원 같으니…… 그러니까, 말하자면 그런
게 이곳에 얽힌 은밀한 저주 같은 것이란 말이오?"

"네, 그렇습니다."

"아무리 그렇다고 해도 그깟 게 무슨 대수란 말이오."

"오, 손님. 방금 제가 말씀드린 건 고작 일부일 뿐입니다.
공교롭게도 이 호텔의 진짜 객실들은 대부분 그런 곳에 존
재하고 있으니까요."

이선욱 2009년 『문학동네』를 통해 등단했다. 시집으로 『탁, 탁, 탁』이
있다.

시란 무엇인가

빗물 한 상자.

125

파묘

누군가 고양이 눈을 팠다
검고 검은
밤의 눈을 푹! 찔렀다
검은 눈이 괴사되는

밤이 한쪽 눈으로 고양이 그림자를 끌어안는다

매일 조금씩 죽기 위해
살아 있는 것들
죽음을 거든다
죽음이 죽음을 방조한다

죽었구나
차고 흰 별들
식은 이마들
붉은 입술 위에 내려앉은 검은 딱지들
아직 눈감지 못한 것들
수장하느라 바쁜 입들

꿈속에다 밤의 부고를 파묻었다

고양이 그림자를 수거해 가는 아침이
하늘을 조금씩 찢으며 온다

남은 밤이
눈 없는 영혼들과 함께
모서리가 깨진 잔별들을 옮기고 있다

이설야 2011년『내일을 여는 작가』를 통해 등단했다. 시집으로『우리
는 좀더 어두워지기로 했네』『굴 소년들』『내 얼굴이 도착하지 않았다』
가 있다. 고산문학대상 신인상, 박영근작품상 등을 수상했다.

이승희

시란 무엇인가

버틸 힘을 주고, 버틸 힘을 〈버릴〉 힘을 주는 것, 살아 있으라고 속삭이고, 그게 다가

아니라고 속삭이고, 절망과 슬픔을 정직하게 통과하라고 말해주는 것.

물속을 걸으면 물속을 걷는 사람이 생겨난다

여기에서 계속 살 거야?

물고기 한 마리 자꾸 따라온다

왜

왜

똑같은 물음
똑같은 대답을 하며
나란히 나란히

같이 살 생각도 없으면서
같이 죽을 생각도 없으면서
하나의 풍경이 된다

지나가는 풍경으로부터
아무도 없는 풍경까지

풍경은
조용히 있다
조용히 흐르고 있다

나는 지나가는 중이고
지나가는 풍경이 된다
사라지고 나면
사라진 풍경이 된다

여기에 살기로 작정하면
저기가 생겨난다

여기 없는 저기와
저기 없는 여기가 없다고 해도

집에 가자라는 말을 들으면 자꾸 눈물이 났다

이승희 1997년『시와사람』, 1999년 경향신문 신춘문예를 통해 등단했다. 시집으로『저녁을 굶은 달을 본 적이 있다』『거짓말처럼 맨드라미가』『여름이 나에게 시킨 일』이 있다. 전봉건문학상을 수상했다.

이 영광

시란 무엇인가

언젠가 본 적이 있는 것 같은데 떠오르지 않는 얼굴, 아니 한 번도 본 적 없는데 자꾸 떠오를 것 같은 얼굴.

노인

내장에 꽃이 피고 관절에 불꽃이 튀어요
노인이 되느라고
울긋불긋 쩌릿쩌릿
우두둑우두둑
현인도 선인도 악인도 아니고
노인이 될 줄은
몰랐는데

눈사람처럼 우물거리다 고개 푹 꺾는
노인이 될 줄은
알고도 몰랐는데,
활처럼 휘고 못처럼 굽은
노인이 온다
흔해빠진 그 노인이라는 마지막
사람이 돼야 할 줄은
모르고도 알았는데,

뇌 속에 안개가 피고 심장에 음악이 흐른다
흐물흐물 가물가물
주르륵주르륵
기운 없고 정신없고 내일 없는
노인이 되려고
너는 이제 새 세상이 왔는데도 결코

해방되고 싶지 않은
해방 노비처럼

그 노인을 업고 다니고
품고 다니며
왕처럼 병아리처럼,
눈물처럼 모셔라
노인과 살아라 버리지
말아주세요,
노인에게 빌어라
가장 오래 기다린 마지막 인생
마지막 연락
첫 사람,

원한 없고
인생 없고
노인 없는,
노인이 웃으며 온다
노인들이 웃으며 몰려온다
노인을 사랑하라
원수를 기뻐하라
꽃처럼 불꽃처럼 타올라라
안개처럼 음악처럼

—

흘러가라

이영광 1998년『문예중앙』을 통해 등단했다. 시집으로『그늘과 사귀다』『나무는 간다』『끝없는 사람』『해를 오래 바라보았다』『깨끗하게 더러워지지 않는다』가 있다. 노작문학상, 지훈상, 미당문학상 등을 수상했다.

—

이 영 은

시 란 무 엇 인 가

시란 홍학을 말하지 않고도 홍학을 그리는 것이다.

137

〈title〉〈h1〉〈/title〉

이 텍스트는 가정용 안드로이드 H-48R600이 폐기되기 전,
그의 메모리 칩에 의거하여 작성되었다.

— 2071. 06. 12

며칠째 멈추지 않던 폭우 속에서 비를 맞은 사람들이 서서
히 사라져갔다. 뉴스에서는 이것을 이상 현상으로 부를지,
이상 기후로 부를지에 대한 탁상공론이 이루어졌고

이름이 그토록 중요한 걸까?

몇몇 안드로이드는 이제 사람처럼 생각할 줄 안다
마치 사람처럼

다음은 마지막으로 나눈 우리의 대화이다.

  새로운 것이 필요해. 네가 고른 테이블 러너. 누
군가를 흉내내는 듯한 어설픈 다정과 말투. 편지를 쓸 때
마다 붙이는 인사말. 시선. 몸짓. 습관. 너의 모든 게 지쳐.

이 인용 식탁에는 아침식사가 그대로 놓여 있고
나는

〔System〕자리를정리하고/그릇을닦아내고/개수대를비운다

뉴스 볼륨을 키운 채 밖으로 나가 철조망을 끊어냈다. 이건 사라진 네가 집 바깥에 쳐두었던 것이며.

거리가 꼭 방전된 것처럼 얌전하구나

이 종결어미는 너의 말버릇이었다.

앞집의 가족들은 어딘가로 멀리 떠나버렸다. 안드로이드 한 대를 남긴 채.

그것은 매일같이 나와 창고를 정리하고
우편함을 확인하고
잔디를 깎고
또 비를 맞다가 어느 순간

구동을 멈췄다.

우리 모두에게는 자동 충전 기능이 탑재되어 있어. 한 연구원은 이러한 현상이 그저 오류에 불과하다 설명했으나 아마도

선택했을 거야.

끊임없이 내리는 빗속에서
나는 여전히 존재하고

이 비를 맞은 네가 어디부터 사라졌을지 모르지만 상상은
가능하다. 나는 확률에 따라 결과를 도출할 수 있기 때문에.
그럼에도 하나 예상할 수 없던 것은

너의 사랑은 각진 모양이었을까?
버터 냄새가 났을까?
군데군데 짧은 털이 나 있었을까?

오래된 철조망이 무너져. 알 수 없는 무언가가 소모되고
있음을 느낀다.

시스템이 종료될 때
느리게 깜박이는 적색등

발명되거나 발견되지 못한 현상이 여기 이곳에서부터 일
어나고 있는데

⟨h1⟩ 나는 네가 필요해. ⟨h1/⟩
⟨/body⟩

이영은 2022년 『문학동네』를 통해 등단했다.

이영주

시란 무엇인가

시는 아름답기 어려운 인간의, 놀라운 아름다움이다.

극지

검은 우산을 방안에서 펼쳤지. 북극 툰드라. 눈이 내리지 않는 땅. 사전을 넘겼지. 말을 안 하니 살 것 같아. 아무도 안 만나니 살 것 같아. 오롯이 홀로 존재하는 순간을 위하여 빛나는 지옥을 견뎌왔어. 자신을 버리기 위하여 한낮이면 간에 피가 고이도록 웃고 떠들었지. 너는 극지의 글자로 가득한 사전을 내게 주었지.

극지의 한 페이지. 읽을 수가 없었지. 모두가 원하는 대로 되지 않는 것이 자연. 너는 색깔로 자연을 기억하지. 오독이 더 아름다워. 알 수 없어서 좋아. 너는 툰드라. 너의 극지에는 빛이 있어. 백야는 이 방에도 가득해. 인공눈물은 담백해.

키 작은 나무. 방안에 있으면 좋아. 매일 검은 우산을 쓰고 있지. 열 평의 극지. 나는 사전을 펼치고 다음 페이지에 할말을 적었지. 앉은뱅이 나무야 화분에서 걸어나가렴. 이끼가 가득한 얼굴로. 잠들 수 있는 곳으로. 빛은 영원해. 좋은 것 때문에 망할 때도 있지만

켜지 않은 양초가 가득한 한밤에 앉아 있지. 좋은 것을 좋아해. 문명이 우리를 빛으로 심었지만 아무렴 어떤가. 플랜트. 죽어도 괜찮아. 자꾸만 죽어봐야 해. 그래야 화분은 거대해져. 천국과 지옥을 나누는 것은 그저 인간의 일.

나는 아무도 몰래 방안에 있지. 눈이 부시지. 아무도 보지 못하니 살 것 같다. 살아 있는 내내 눈은 오지 않는데. 흰색의 탈락. 모르는 것이 자연이야. 괴담이라고 할까. 괴담이 생활이 되는 습격. 너는 파헤쳐진 화분을 들고 문 앞에 서 있지.

　무너지지. 시간은 이곳을 더욱 부풀릴 거야. 닫힌 문. 부서진 화분. 플랜트. 푸른 이끼를 끌어안고 어떤 화석이 되겠습니까. 밑줄 그은 페이지를 찢어버렸지. 너는 우산을 버리고 좁은 골목을 뱅뱅 돌았지. 커피를 사고 너는 홀로 걸었지. 토했지. 환대의 불가능으로

이영주 2000년『문학동네』를 통해 등단했다. 시집으로『108번째 사내』『언니에게』『차가운 사탕들』『어떤 사랑도 기록하지 말기를』『여름만 있는 계절에 네가 왔다』『그 여자 이름이 나하고 같아』『좋은 말만 하기 운동 본부』가 있다.

이예진

시란 무엇인가

시는 여름에 초대한 열기를 겨울에서야 만나보는 것 눈물로 도미노를 만들어 무너뜨리는 것 나의 천장이 누군가의 바닥이 되면 내가 서 있는 곳이 낯설어지는 것 성질과 기질 예민함이 빛을 발하는 것 격정을 해방하고 슬픔을 구속시키는 것 감정이 감정으로만 문장이 문장으로만 남지 않는, 그런 곳에 마을을 짓고 견디는 것.

147

부력

물에 빠진 공을 주워 오라고
소년들은 나를 물속으로 던졌다

바지를 걷으면 개구리가 튀어나온다

그들 사이에 끼고 싶어서 나는 둥글어졌다
튀어오르고 튕겨나가는

언니 나 이제 개헤엄 말고도 물에 뜰 수 있어

이예진 2023년 한국일보 신춘문예를 통해 등단했다.

이은규

시란 무엇인가

잘 모르겠지만 시란 무엇인가, 라는 질문 속으로 들어가는 일이 시인 것 같아요.

밤의 대관람차

한 사람의 버킷리스트

대관람차 타러 가고 싶어
눈 내리는 밤

세상에서 가장 고요한 방에 숨어드는 것

꿈속으로 입장
눈 내리는 대관람차

환영합니다 코끝이 빨개지도록 추운 날 관람차 문을 열자
쩍, 하고 소리가 났다 의자에 앉는 순간 그대로 얼어붙을 것
만 같았다 환영

나는 왜 이 밤에
혼자 대관람차를 타고 허공에 떠 있는 걸까
누군가 함부로 터뜨린
폭죽소리의 배웅도 없이

거인의 어깨 위에 올라탄
난쟁이의 미소를 흉내내고 싶었지만
어깨가 자꾸 움츠러들었다

잔뜩 시무룩한 표정의 밤하늘
눈을 감았다 뜨니
한 밤이 지나고
또 한 밤
관람차가 도는 동안 밤이 계속될 것만 같았다
아이슬란드의 밤처럼 백일 동안 이어질까

명랑함을 최대치로 끌어올려 오래된 버킷리스트 꿈의 대
관람차잖아 바다로 뛰어드는 점점의 눈송이들 보일 리가 없
잖아 이렇게 높은 곳에 올라왔잖아

생각만으로 기분이 좋아지는
단어들을 떠올리려 애썼지만
누군가 툭 치면
금방이라도 울 것 같은 표정으로 돌아갔다

한 사람에게 전화를 걸어
나는 먼 곳을 바라보고 있어, 라고 말하고 싶었는데
신호음이 울리지 않았다

대관람차가 빙빙 도는 동안
눈 내리는 풍경의 스노볼처럼 작아져버리는 건 아닐까
작아지고 작아져서

이름 지워진 행성으로 사라질 것만 같았다

미래는 밤의 밤에게 맡기고
우선 꿈속에서 탈출하자
탈출하지 말자

버킷리스트, 한 사람 대신 꿈꾸는

이은규 2008년 동아일보 신춘문예를 통해 등단했다. 시집으로 『다정한 호칭』『오래 속삭여도 좋을 이야기』『무해한 복숭아』가 있다. 현대시학작품상, 김춘수시문학상 등을 수상했다.

이진우

시란 무엇인가

문득 읽고 있었던 것이 아니라 듣고 있던 것이었음을 알게 되는 순간인 것 같습니다.

베이스

언제 들었는지도 모르게

그녀는 종종 무시되거나
가끔 생략되었다

최초의 젠가처럼
아무것도 위태롭게 할 수 없었던
낡은 목소리, 그리고
세상의 모든 음역대를 떠받치고 있던
그녀의 등

자신이 가지고 온 불 앞에 묶여
오래 기르던 독수리가 간을 다 쪼아먹도록
가장 깊은 바다에 가라앉은 채
목에 매단 맷돌을 돌리고 있었다*

경쟁을 모르던 두 눈에
희생은 그토록 화려해 보였다**

아는 만큼 보인다는 말이
그녀만큼 어울리는 사람은 없다고
나는 그 말을 완전히 이해한다고 믿었다

문득 낯선 밤에
이불 밑에서 낮은 진동이 느껴졌다
엄마가 울고 있었다

* 윤동주 「간」에서 인용하여 재구성한 문장.
** 황지우 「뼈아픈 후회」에서 인용하여 재구성한 문장.

이진우 2023년 조선일보 신춘문예를 통해 등단했다.

이혜미

시란 무엇인가

언어로 이루어진 탈것 — 쓰는 자와 읽는 자를 생각의 외계로 데려간다.

얼음잠
—ASLSP*

눈동자에서 출발한 소리를 듣고 있었어 마주치면 둥글게 젖어드는 건반이었지 흑건과 백건을 동시에 누르듯 깊숙이 눈을 깜빡이면 펼쳐지는 투명한 꿈결. 왼눈에선 오늘의 눈보라, 오른쪽 눈에서는 잊었던 밤이 피어오르고

멀어진 팔베개가 모르는 나라의 국경 같아서 돌아누워 북극을 생각했어. 녹아가는 눈은 외로울까 따뜻할까. 울음을 참으면 심장에 금이 간대. 그래서 유빙은 몸을 떠나 헤매는 마음 같다. 서운하다는 건 조금 밉고 많이 좋다는 뜻이라서 얼음을 베고 누운 겨울밤, 이불 밖으로 자라나는 발끝에 잠을 설쳤어.

눈동자는 우리가 일생에 걸쳐 녹여 먹는 얼음이야. 눈빛을 냉동한다면 아직 연주되지 않은 악보 같겠지. 나는 추운 새를 감싸듯 기도한다. 손을 겹쳐 어둠을 데우고 익숙한 각도로 기울어. 감은 속눈썹이 진동하며 먼 곳을 향할 때

움직이지 *마*. 너는 내가 만난 가장 어리숙한 강도여서 옷깃을 쥔 손끝이 위태로이 떨렸다. *우리가 음악이라면 최대한 천천히 멀어지자*. 하필이면 이런 고백이라서 이름은 조금씩 이르름이 되어

언젠가 사라지더라도 더 다정한 쪽을 택하겠니? 마주친

시선에서 흘러나오는 파동을 아껴 들으며…… 누구나 마음 안에서 죽는다. 멸종이라 부르고 싶은 이별도 있지. 부를수록 미룰 수 있다면 오래도록 발음할 수밖에. 그러니 기꺼이 품의 절반을 내어주고 서로의 목격자가 되어주면 어떨까.

최선을 다해 느리게 멀어진다면 헤어지는 게 아니야. 머무름만으로 노래가 될 수는 없잖아. 음악은 무한한 시간을 여행하는 사람의 형식이니까. 노래와 미래가 교차하는 자리에 눈송이 하나를 묻어두었어. 그 위에 작은 목소리로 안녕, 처음 만난 날처럼 다시 인사를

* 존 케이지, 〈오르간2/ASLSP(As Slow as Possible)〉. 이 곡의 연주 시간은 639년으로, 2640년에 연주가 끝날 예정이다.

이혜미 2006년 중앙신인문학상을 통해 등단했다. 시집으로 『보라의 바깥』 『뜻밖의 바닐라』 『빛의 자격을 얻어』 『흉터 쿠키』가 있다. 웹진시인광장 2022 올해의좋은시상, 고양행주문학상 등을 수상했다.

이훤

시란 무엇인가

하나의 이름을 쫓아 들어간 집에서 만나는 백 개의 이름, 꼭 쥐고 돌아와 다시 읽으면

발음이 달라져 있는.

161

—　**백**

— 어떤 기분이야?

몸이 백 쪽으로 갈라졌다
다시 돌아오는 건?

한 사람의 밤을 지켜보는 동안 다른 사람의 낮에
다녀올 수 있는 건?

너무 많은 사람을 들어갔다온 날 네가
잠들 수 있는지 궁금해

점프

고양이가 되었구나

점프

댄스 클럽의 선생이 되었구나

점프

호치케스가 되었구나

—

태어나기 전
너의 몸은
쓸려나간 해변

아무것도 없던 섬이 검은 돌들로 가득찬다
크고 작은 글자들로

이 문장은 너무 길어서 다 읽는 데 한 시절이 걸린다

그 사진은
바늘구멍만큼 작으니까
빛이 없을 땐 들어가지 마렴

돌아오지 못할 수도 있다

배와 배가 만나는 경계에 서식하는 크레바스*
등과 등이 떨어져 살기도 하는**

무사히 돌아온다면
거기서 보았던 걸 들려줄게

한 크레바스

두 크레바스

지나

여기가 네 몸의 끝이다

마지막 섬에서
문장들이 다 빠져나가면
너는

다시 흰 바다

긴 벽

직사각 설탕

기쁨, 온갖 양상의 기쁨

이 산을 전부 뒤덮은

뜸

* 빙하 사이에 생기는 깊은 틈.
** '책등'과 '책배'라는 공간을 당신도 아는지.

이훤 2014년 『문학과의식』을 통해 등단했다. 시집으로 『너는 내가 버리지 못한 유일한 문장이다』 『우리 너무 절박해지지 말아요』 『양눈잡이』가 있다.

임솔아

시란 무엇인가

내년 겨울 내가 주머니에 넣어둔 것.

파쇄석

이 의자들은 다 바닥에 붙잡혀 있네. 친구가 앉으려다 말
고 중얼거린다.
자전거를 탄 아이들이 지나간다. 두 손을 놓아보려고 노
력하면서.

우리는 아주 멀리까지 걸어서 왔는데
달라지지 않는다. 지키는 자는 멀리 가지 못한다.
먼 곳에서도 멀리 있지 못한다.

경기장에서 함성소리가 터진다. 우리는
경기장을 빠져나오는 소리들을 구경한다. 파라솔 아래 놓
인 빈 맥주캔처럼
깨진 돌과 덜 깨진 돌을 구경한다.

무언가가 살에 앉을 때마다 나는
반사적으로 내 살을 친다. 그게 뭐든 쫓아내려고.

친구와 이야기할 때마다
이제 그가 나를 사랑하지 않는다는 생각이 든다.

그는 짧게 답하고 아니 원래 짧게 답하는 사람이긴 했지만
친구의 사랑이 끝나고 언젠가 내 사랑이 끝나고 사랑 같
은 게 다 끝나고 그때에도 무언가는 있을 것이다. 사랑도 없

이 마지막까지 남아 있는 마음이 필요하다.

　우리는 그런 일에 관심을 갖는 건 바보같은 일이라고 생
각했지. 그때 나는 내심 관심을 버리지 못하고 있었다. 나
의 관심은 비상구 유도등에 그려진 사람처럼 달려갈 자세
를 취하고 있었고. 무관심이 되돌아오기를 얼마나 애타게
기도했는지.

　전쟁 속에서도
　누군가는 무관심한 채 일상을 유지한다.
　살해당하더라도.

　장마철마다
　산사태를 걱정하며 산에서 살아가는 노인의 끝도 없는 믿
음을.
　그 융통성 없음을.

　네 관심이 끝나고 언젠가 내 관심도 끝이 날 때에 그때에
우리에게도 남을까.
　마지막까지 남아서 무언가를 지키는 마음.

　나는 친구의 손등에 난 솜털을 바라본다.
　우리는 대화를 하며 서로의 눈조차 바라보지 않고

—

　　나는 솜털의 무표정이 참 좋다.

임솔아 2013년 중앙신인문학상 시 부문, 2015년 문학동네 대학소설상을 통해 작품활동을 시작했다. 시집으로『괴괴한 날씨와 착한 사람들』『겟패킹』이 있다. 신동엽문학상, 문지문학상, 젊은작가상 대상 등을 수상했다.
—

임승유

시란 무엇인가

시는 발화 위치를 찾고자 하는 의지이자 용기이며 결국엔 움직임이다.

그 여자 얼굴

동네 사람들이 거기는 가지 말라고 해서 피해 다녔는데 한 번 놀러올래? 언젠가 한 말을 놓치지 않고 있다가 어느 날 오후에 가봤다. 화단에 떨어진 게 뭔지 확인하려면 창문에 허리를 걸쳐야 하듯이 거기에 가서도 나는 그 자세를 기억해냈다. 교량이랄까. 다리랄까. 피가 거꾸로 솟는 거

동네 사람들이 당신 있다는 거 다 알아

도망칠 때는 모른 척하더니

수건 가져올까

그 사람 안 온 지 일주일이 넘었어

시원해

아니 그 사람 말고

얼굴 위로 뭐가 자꾸 기어다녀. 아무래도 발이 달렸나봐. 나는 나를 생각할 때는 얼굴을 생각하고 기어다니는 무엇을 생각할 때는 발을 생각하네.

물위에 둥둥 뜨는 이파리

얼굴 그만 긁어

내일 온다

안 온다

내일 온다

안 온다

잎이 다 떨어진 줄기를 바닥에 버리고 일어날 때

머리카락이 이만큼이나 길어졌어. 동네 사람들이 당신 머
리카락 긴 걸 갖고 문제삼는 것 같아. 얼굴이 안 보인다나 어
쩐다나. 내버려둬. 모르는 건 덮어놓고 떠들어야 직성이 풀
리는 사람들 있잖아. 자기 얼굴이 어떤지도 모르면서.

책상 위에 거울 가져다놓는 사람들 많아

그렇게 따지면 수면은 온통 거울이야

그런가

모임이 있어서 버스 타고 판교 지날 때 정류장에 좀 오래 멈춰 있었거든. 사람들이 많이 타서 그래. 아무튼 버스 정류장에 서 있는 사람들 무심코 보고 있는데 어디서 많이 본 사람이 서 있는 거야. 나도 모르게 배장화 소설가 얼굴이네, 중얼거렸잖아. 아니 그 작가를 본 적은 없어. 소설을 읽었지. 나 소설 좋아하거든.

소설 좋아하고 있네

그렇다니까. 소설 좋아한다니까. 안 그랬으면 내가 이러고 있을까. 그러나저러나 다시 올 테니까 얼굴 간수 잘해.

내일은 와서 당신 머리 빗겨줄게.

온다

안 온다

온다

안 온다

창밖을 내다봤을 뿐인데 나는 어느새 사람들을 태우고 출발하는 버스를 향해 손을 흔들고 있네. 흘러내리는 가방을 끌어올리며

임승유 2011년 『문학과사회』를 통해 등단했다. 시집으로 『아이를 낳았지 나 갖고는 부족할까 봐』 『그 밖의 어떤 것』 『나는 겨울로 왔고 너는 여름에 있었다』가 있다. 김준성문학상, 현대문학상 등을 수상했다.

임유영

시란 무엇인가

무언가 더욱 중요한 것이 있다는 생각을 잊지 않게 해주는 것.

무언가 더욱 중요한 것이 있다는 생각

너는 음악을 사랑하는 사람. 얼마만큼 그런가 하면 네가 좋게 들은 곡을 모아서 계절마다 친구들에게 들려준다. 앨범 커버도 손수 만들어서. 사람들이 너를 좋아하는 이유는 네가 음악을 좋아해서가 아니라 음악을 들려줘서가 아니라 참 다정한 사람이기 때문인데. 야자 빼먹고 지하 클럽에 공짜로 벽화 그려주고. 포르투갈에 다녀온 다음부턴 어떤 가수가 자신의 할아버지라고 분명히 믿고. 밴드하고 음반 내고 음악가와 직장인이 되었고. 무엇보다 너는 무슨 걱정이 있는 사람처럼 조심스럽게 음악을 들려주는 사람. 전주가 나올 때 누가 착한 아인지 나쁜 아인지 벌써 다 알지. 술을 홀짝이며 기뻐하는 속삭거림에 너의 얼굴엔 만족스러워하는 미소가, 또 짐짓 당연하다는 표정이. 단호하게 고개를 끄덕이면서 아냐 조금 기다려봐, 이 부분을 정말 좋아할 거야…… 그렇게 하나의 음악이 끝난 후에 다른 곡을 들려주다가. 한참 그러다가. 한참 멀리까지 강 건너 바다 건너 잘 가다가. 결국 오직 자신만을 위한 음악을 틀어놓고. 깊이 취해 고개를 기울인 채 자기 앞의 술잔만을 바라본다. 거기에 무엇 중요한…… 어떤…… 저절로…… 고여 있다는 듯이. 새로운 물질을 발명해버린 사람처럼. 나는 이 순간이 끝나지 않길 바라지만. 혹시 네가 무언가 슬픈 생각을 하고 있을까 무섭다. 그것이 영영 슬픈 생각일까 두렵다. 두려움. 창백한 형광등이 어둠을 박살낼 때 우리가 집에 가져가는 것. 이제 허겁지겁 우리끼리의 농담 같은 음악들로 각자를 도로 채워놓고, 제정신으로 돌아가기 위한 마지막 술을 들이켜지. 난 그때마다 뭔가 잊은 듯한 느낌이 드는 거야. 무언가 더욱 중요한 것이 있다고…… 무언가 더욱 중요한 것이 있다고.

임유영 2020년 『문학동네』를 통해 등단했다.

장승리

시란 무엇인가

익사자의 코에서 나오는 기포.

사랑, 나무들, 범죄란 없다*

내 죄에 명중되기를 바랐다

빗소리가 들려올 때까지

눈물이 타오르기를 바랐다

추락하는 내내

자장가가 듣고 싶었다

* 버지니아 울프, 『댈러웨이 부인』.

장승리 2002년 중앙신인문학상을 통해 등단했다. 시집으로 『습관성
겨울』『무표정』『반과거』가 있다.

전동균

시란 무엇인가

빈집 처마 끝에 매달린 고드름 같은 것.

구석

구석을 좋아해요
구석에 버려진 의자를
구석을 지키는 그늘을

구석은 나를 싫어하죠
내 모습을 제 맘대로 바꾸곤 하죠
먼지로, 이끼로, 뿔이 솟은 천사로

—사라지지 않는 망각으로 가득한 것

구석은 어두워요 환해요
구석은 따뜻해요 추워요
구석은 너무 넓고 깊어요
눈과 귀는 열리고 입은 닫히죠

—아무리 때려도 울지 않는 것

구석의 밤, 불타는 가시덤불 속에서
나는 밥과 술을 꺼내요
죽은 친구의 웃음을
늘 크고 무거운 아버지의 구두를 꺼내요
이건 또다른 구석을 만드는 일

새로 태어난 구석들은
조금 불안한 표정으로 나를 바라봐요
저건 무엇일까
헝클어진 머리칼의 저 침묵은
양일까 늑대일까

―내 손을 잡고 눈보라의 춤을 추기도 하는 것

구석을 좋아해요
구석에서 타오르는 촛불을
그 눈물 속으로 들어가 아직 돌아오지 않는
사람들의 아픈 살냄새를

전동균 1986년『소설문학』을 통해 등단했다. 시집으로『오래 비어 있는 길』『함허동천에서 서성이다』『거룩한 허기』『우리처럼 낯선』『당신이 없는 곳에서 당신과 함께』가 있다. 백석문학상, 윤동주서시문학상, 노작문학상 등을 수상했다.

전욱진

시란 무엇인가

시란, 언젠가 결국 있게 될 말이다.

기억극장

언젠가는 마음속에 품고 있는 이미지를 스크린에
투사해서 보이도록 하는 것이 가능할 것.
—니콜라 테슬라

어떤 마음씨에 사람들은 붐빌까요

자기 자신의 관객이자
감독이며 배우인 세상에서

투박하고 조용한 마음은
흥행하기 어렵습니다

게다가 화면은 자주 깜깜해지고
상영관에 불빛이 갑자기 켜져서

그때마다 맨 앞에 앉은 나는
초조하게 뒤를 돌아봅니다

거기 앉아 있을 거라 여겼던 사람들의
빈자리가 눈에 들어오기도 하고

잠시 뒤 영상에는 그들이 출연합니다

내막을 모르는 사람들끼리
서로에게 상처 주고 상처 입는 동안
주인공은 자신이 무엇을 원하는지도
모르는 것처럼 보입니다

저 상황에 저 인물은
왜 저런 말을 하는지
모르겠습니다 도저히

다만 어느 새벽 불면증을 앓는 이가
깊은 잠을 청하기 위해 오기도 하고

얼마 안 가 코를 고는 소리가 들리지만

내가 아는 나 자신이 나올 때까지
그래도 어떻게 되는지 끝까지
보고 싶다는 생각

전욱진 2014년 『실천문학』을 통해 등단했다. 시집으로 『여름의 사실』
이 있다.

정다연

시란 무엇인가

시란 세상을 아주 느리게 다시 쓰는 것.

191

부재중 전화

하고 싶은 말이 사라질 때까지 걷다보니 멀리 왔습니다

내 안이 이렇게나 광활하다니 놀라워요

팔차선이 한눈에 내려다보이는 육교 난간에 서서 아래를 내려다보았어요

시력이 좋지 않아 헤드라이트 불빛이 번져 보였는데요 일 렁이는 게 꼭 수명을 다한 별무리 같았어요

끝에 도착하면 내가 품었던 말들 쏟아낼 수 있을까요 아 무 말도 하지 못하는 건 억울하니까 끝까지 나 혼자만 아는 건 괴로우니까

방금 아파트 복도에 노란불이 켜졌습니다

누군가 지나가고 있나봐요

아래를 지나고 있다는 이유만으로 빛을 밝혀주는 거라면

그런 기계를 고안한 게 사람이고 세상이라면 조금은 믿을 수 있을 것 같았는데요

아직은 끝이 아니어서 한번 더 삼켜보려고 해요

무언가 반짝이는 게 있어서 주웠더니 누군가 먹다 뱉은
사탕이었어요

축축한 입안에서 사탕은 얼마나 많은 말을 견디고 있었
을까요

잠깐 만졌을 뿐인데도

끈적함이 사라지지 않았습니다

정다연 2015년 『현대문학』을 통해 등단했다. 시집으로 『내가 내 심장
을 느끼게 될지도 모르니까』 『서로에게 기대서 끝까지』가 있다.

정한아

시란 무엇인가

부서지기 쉬운 소통 가능성에 대한 가느다란 신비를 당분간 응고된 형체로 있게 하는 것: 기도로 만든 젤리라고나 할까—사람들은 종종 맛도 보기 전에 단번에 삼키지만, 주의하시오: 질식을 유발할 수도 있습니다.

구원받은 사람

어느 깨끗하고 차가운 날 나는
단풍나무 아래 벤치에서 당신을 만날 수도 있을 것이다

난 이제 자유입니다

그러면 나는 이렇게 묻겠지

대출을 털었나요?
이혼을 했나요?
아니다, 사표를 던졌군!

하지만 당신은 결혼하지 않았고
결혼하지 않았으므로 대출하지 않았고
사표를 던지는 건 오늘날, 자유와는 관련 없는 일

내 감옥은 고장난 펜촉과 녹슨 머리의 협업이었어요

나는 당신이 말한 대로, 당신이 절필했다고 믿는 것 같다
확실히, 당신의 목소리가 종달새처럼 기뻐 죽겠어서

어느 겨울엔가, 오래된 벽돌건물에서 레몬차를 마시자면
서요?
나는 질문을 삼킨다

그건 당신이 구원받기 전에 한 약속이다

사람들이 당신을 오해해서 서글픕니다
오해가 아니라면요?

이 대화는 아직 일어나지 않았지만 언젠가 있었던 일

맵고 차가운 공기가 당신을 꼼짝 못하게 안고 있어서
나는 당신을 안을 수 없을 것이다

정한아 2006년『현대시』를 통해 등단했다. 시집으로『어른스런 입맞춤』『울프 노트』가 있다.

조온윤

시란 무엇인가

시는 소음 속에서 침묵하는 존재들이 나누는 손짓이다.

한밤의 공 줍기

밤마다 떨어진 공을 줍는 사람이 있네
온종일 공을 날려보내는 사람들이 있으니까

미화원의 파업에 미화되지 않는 거리
세상에는 스위치를 내렸다 올리듯
요란함이 간단히 정리되는 마법은 없지

누군가는 허리를 구부려 주워야 한다
깜깜한 공중으로 당신이 띄운 공
당신이 바닥에 쏟은 한 줌의 소금
땀냄새, 더운 숨냄새,
무심히 뱉은 조용한 말들까지도

어떤 속도로 곡선을 그리며 날아오는지
밤마다 줍는 사람은 알지
비 갠 뒤에 공들은 얼마나 윤이 나는지

검은 잔디 위로 하얀 공들
한 번도 채를 휘둘러본 적은 없지만
그 공의 미끈한 촉감
아담한 공의 크기
한 손에 주우려 하면 서너 개는 쥘 수 있는
서너 개는 가볍지만 조금만 더 쌓이면

바구니가 휘어질 듯 무게감을 지닌다는 것도

잠자는 사람은 모르지
어둠이 내리면 그 잔디 위에서
벌벌 땀 흘리며 흰 것을 줍는 밤이 있다는 걸
온몸이 젖어 들키기 싫은 밤이 아주 많다는 걸

미화되지 않는 인생
스위치를 내렸다 올리듯
요란함이 간단히 정리되는 마법은 없네

그래서 공 하나에는 한 번의 수그림
공 하나에는 한 번의 내디딤
수많은 수그림과 내디딤이 쌓여
시간이 휘어질 듯 몸이 피로해진다는 걸

어지러트리는 사람은 알까
떨어진 생각을 모두 줍고 돌아가는 길
비 젖은 밤의 표면은 얼마나 윤이 나는지
피로한 눈에는 거리의 불빛이 얼마나 흐릿한지
미화되지 않으면 견딜 수가 없는 것,
인생이기에

매일 스러지지 않으려 소금을 녹여 마시지
검은 잔디 위로 하얀 공들,
밤새 흘린 땀과 빛의 결정이라 말하지

조은윤 2019년 문화일보 신춘문예를 통해 등단했다. 시집으로『햇볕
쬐기』가 있다.

조 해 주

시 란 무 엇 인 가

시란 거실, 세상의 모든 방들과 이어져 있다.

차가운 사람

나는 뜨거운 걸 잘 못 만진다

탕에 발가락을 넣으면
튕겨나온다
부글거리는 물거품을 떠올리며
땀만 뻘뻘 흘린다

커피 하얀 김이
뱀처럼 빠르게 일렁이다가
잠든 뱀처럼 느리게 길어지는 것을 다

보고 나서야 잔에 입을 대고
뗀다

덴 입안에서
구르는 얼음

노트에 그린 장작불
빨간 튤립 다발
종일 코트 주머니에 넣어둔 귤
미지근한 물
엽서에 납작 달라붙어 있다가 재처럼 날아가는 글씨

썰놓고도 까먹지만
내가 참 좋아하는 여름
귀퉁이만 살짝 까서 조금씩 먹는 양갱
길게 길게

선풍기 앞에 앉아 있기
좋아한다
팔을 손으로 감싸쥐면 차갑다
뜨겁기 때문이다 손이

차갑더라도
겨울잠 자는 뱀 자게 두기

만져보고 싶을 때도 있다
누군가가 목뒤로 삼킨 불
꺼내려고

뜨거운 걸 잘 만지는 사람의 손바닥은
조금 더 두꺼울까
내 손바닥을 슬며시 겹쳐본다

그 사람이 붙들고 있던 걸 빼앗아 든다
내가 가져온 걸 그 사람이 도로 가져갈 때

조금 덜 뜨거울까

두 개의 컵
이쪽으로 부었다가
저쪽으로 부었다가 하면서 식어가고

이제 마셔볼까
아
맛이 좀 달라진 것 같다

조해주 2019년 시집 『우리 다른 이야기 하자』를 출간하며 작품활동을 시작했다. 시집으로 『우리 다른 이야기 하자』 『가벼운 선물』이 있다.

조혜은

시란 무엇인가

혼자서 영원할 수 있는 사람의 세계.

손차양

작은 사람의 손을 잡고 끌자 그 사람은 날아갔다

꿈속에서 매일 다른 거리를 걸었다
꿈에서 깨면 매일 다른 거리를 걸으며 꿈이라고 우겼다

지하철의 다른 칸에는 내 전생의 연인들이 나란히 앉아
있었다
서로를 몹시 사랑하며

무고하고 아름다운 것을 바라보았다
아름답지가 않았다
무고하고 아름다운 것을 사랑하는 일은
전혀 무고하지 않았다

차 밖으로 손 흔드는 사람을 보며
가장 깊은 외로움은 괴로움이라고
걸음을 두고 계단을 오르는 무릎과 굽힐 수도 펼 수도 없
는 무릎이라고

가장 작은 허락은
추위와 고락과 두 장의 모포

물이 차오르는 성

서로 다른 계급의 방

정복자의 부조로 장식된 시청 앞의 시위와
문 닫은 백화점의 차양 아래 내려앉은 난민

절대 웃으면 안 돼!
차오르는 마음과
서로 다른 고백의 방

사소한 몸짓만으로도 아름다울 수 있는 사람과
벽에 발을 붙이고 담배를 태우는 환한 저녁

그 사람은 잔혹하고 소란한 사람일 수 있는데
한쪽이 부서진 몹시 피폐한 사람 같고
외롭고 매섭고

무고한 사람들이 서로 사랑해서 또다른 서로를 죽이는 꿈
을 꾸는 저녁
현실에서 깨면 나는 아름다운 꿈이라고 우겼다

있잖아요. 나는 잘 지내지 못해요
걷다보니 선글라스를 잃어버리고, 돌아와보니 모자를 잊
은 사람이 되었다

걷다보니
슬픔과 외로움이 삭제된 이야기를 읽었다

조혜은 2008년 『현대시』를 통해 등단했다. 시집으로 『구두코』 『신부수첩』 『눈 내리는 체육관』이 있다.

최지은

시란 무엇인가

아무도 깨워주지 않는 꿈.

홀

문지방에서 바닷물이 넘실거려요

꿈이 슬픔이 차례로
흘러들고

부드럽고 따듯한 바다 언젠가 꿈에서 본 것 같은 슬픔 바다

들어와. 이리 와. 여기 있어도 돼.
슬픔에게 방을 내주고

내 곁에 있어도 돼.
쫓아내지 않고 기꺼이 들여요 다시 보니
여기가

아빠가 그리다 만 그림 속 같습니다

창고에 엎어져 있던 슬픔 그림 하나
빈 찻잔을 감싸쥔 손
온기도 소리도 없는 그림

쓸쓸해서
작은 구멍 하나 그렸어요

아빠가 사라진 곳
채워지지 않는 나의 구멍 하나

계속 살아요! 아빠! 아빠.*

구멍 속에서 슬픔이 내 목소리를 흉내냅니다

계속 살아요! 아빠! 아빠.

나의

슬픔
바다
구멍 속에서 계속 살아요

나는
포개진 찻잔처럼 기다려요

듣고 싶은 이야기만큼
하고 싶은 말이 많아요

모르는 것이 너무 많아요

묻고 싶은 마음을 참느라

　　아빠, 여기는
　　빈 찻잔처럼 조용해요

* 엘렌 식수.

최지은 2017년『창작과비평』을 통해 등단했다. 시집으로『봄밤이 끝
나가요, 때마침 시는 너무 짧고요』가 있다.

한여진

시란 무엇인가

언제 단종될지 모르는 맥도날드 애플파이를 먹으며 다음 파이에 넣어 구워버릴 재료를

찾는 일.

꿈속의 꿈

> 향림에 탑이 있어 쓸고 닦고
> 또 쓸고 닦으니 사리에서 큰 빛 발하네.
> 그 빛 탑에 있지 않고 손안에 있네.
> ─향림소탑도

나 잠시 다녀올게

못다 한 일이 생각났다고 했다
그 일이 무어냐고 물으니
유백 같은 기억이라고 했다

그는 호롱불을 들고 어둠 속으로 사라졌다
대신 말 못 하는 머리를 남겼다

머리밖에 없는 장례식이라니
이거 곤란하게 되었어

나는 대문을 걸어 닫고
솥에 남은 팥죽을 먹어치웠다

솥은 깊고 넓어서
먹어도 먹어도 끝이 없었다

고소하고 끈적거리는 나무 주걱을
입에 넣은 채 잠이 들었나

머리 없는 그가 도롱이를 뒤집어쓴 채
어딘가로 바삐 걷고 있었다

생나무 고개를 넘고 새터 고개를 넘고
꿈속에서 그는 가곡(佳谷)에 도착해 있었다
아름다운 마을이란 뜻이었다

  나 잠시 다녀올게

그는 도롱이를 벗고 없는 얼굴로 말했다

그가 또 무엇을 두고 갔는지는 알지 못한다

*

눈을 떴을 땐 집안에
난데없는 불두상 하나가 있었는데

락스를 가져와 부처의 얼굴을 닦으니

너그러운 표정이 아주 보기 좋았다

한여진 2019년 『문학동네』를 통해 등단했다.

한 정 원

시란 무엇인가

마음의 결절, 언어의 골절.

—

....

—

저기 날아가는 새는
재, 라고 불리지
재가 난다
뼈가 가벼워서 난다

그리 부르는 사람은
아직 무거운 사람
곡하는 사람

그을음 하나로 이루어지는 명명
이름대로 살지
이름이 날개지

사람은 날개가 없어서
양손을 펼쳐 합장한다

미열처럼, 소문처럼,
자길 저버린 이려나
얼굴마다 물끄러미 보고 가는
개처럼

떠돌아라
떠돌다가 허구가 되어라

—

한정원 2020년 산문집 『시와 산책』을 출간하며 작품활동을 시작했다.
시집으로 『사랑하는 소년이 얼음 밑에 살아서』가 있다.

문학동네시인선 200

우리를 세상의 끝으로

ⓒ 한정원 외 2023

1판 1쇄 2023년 10월 16일
1판 3쇄 2024년 9월 10일

지은이 | 한정원 외
책임편집 | 강윤정 편집 | 이희연
디자인 | 수류산방(樹流山房) 본문 디자인 | 유현아
저작권 | 박지영 형소진 최은진 오서영
마케팅 | 정민호 서지화 한민아 이민경 안남영 왕지경 정경주 김수인 김혜원
         김하연 김예진
브랜딩 | 함유지 함근아 박민재 김희숙 이송이 박다솔 조다현 정승민 배진성
제작 | 강신은 김동욱 이순호
제작처 | 영신사

펴낸곳 | (주)문학동네
펴낸이 | 김소영
출판등록 | 1993년 10월 22일 제2003-000045호
주소 | 10881 경기도 파주시 회동길 210
전자우편 | editor@munhak.com
대표전화 | 031) 955-8888 팩스 | 031) 955-8855
문의전화 | 031) 955-2696(마케팅), 031) 955-2678(편집)
문학동네카페 | http://cafe.naver.com/mhdn
인스타그램 | @munhakdongne 트위터 | @munhakdongne
북클럽문학동네 | http://bookclubmunhak.com

ISBN 978-89-546-9882-5 03810

www.munhak.com

문학동네